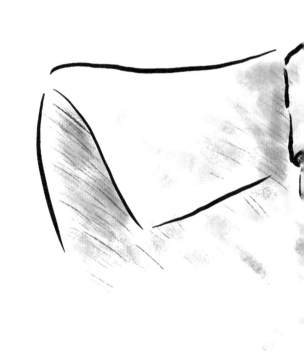

张 丁

编著

逆行者家书

中国人民大学出版社
·北京·

庚子鼠年春节，本来是万家团圆、欢乐喜庆的日子，可是一场突如其来的新冠肺炎疫情袭击华夏大地，迫使中国这艘巨轮紧急掉转航向，开启了全民动员、抗击疫情的悲壮历程。

疫情发生后，武汉等地的医护人员就一直奋战在最危险的岗位。特别是抗疫战斗打响后，全国各地数万名白衣战士本着"健康所系，性命相托"的从医理念，放弃与家人的团聚，冲向最危险的疫区，与时间赛跑，与病魔搏斗，被称为"最美逆行者"。

逆行，需要的是勇气和素质。在这场人与自然的搏斗中，一批批逆行者冲向危险的前线，与看不见的敌人纠缠在一起，奋力拼搏，最终击败病毒，把安宁与祥和还给人间。他们是与病毒搏杀的战士，更是值得铭记的英雄。有句话说得好："哪有什么岁月静好，只是有人替你负重前行。"

正如他们在家书中所说的："这仗我不打，着实面对不了自己"；"我做好了随时进入隔离病房的心理准备"；"这些都不足以阻碍我奔向武汉的步伐"；"在使命面前，'害怕'这个词必须放下"；"我必须来，这里的人们需要我们"；"悬壶济世，乃吾等天职所在也"；"不破楼兰终不还"……很多医护人员都是主动请缨，请战书上那一个个鲜红的手印就是明证。明知是危险的战场，也要勇敢地冲上去，家书中有很多这样的内心独白。家书反映了白衣逆行者临危不惧、医者仁心、救死扶伤的大爱情怀，是中国医护工作者高尚医德的集中体现。

这些逆行者既是战士，也是父亲、母亲、儿子、女儿。万家团圆之际，他们辞别家人，紧急驰援一线。一线工作紧张，不便手机联系，家人只好写信，字里行间凝聚着浓浓的亲情，满满都是理解、支持、鼓励，家人永远都是他们最坚强的后盾。比如"作为父母，我们发自内心为你感到骄傲和自豪"；"我也向组织递交了请战书，如果可能，我也会前往前线与你共同作战"；"听说你在前线递交了入党申请书……我和你爸说不出地为你高兴"；"我会一直默默为你加油，相信你和你的同事都能一起凯旋，中国一定能战胜疫情"……这些真挚的话语和朴素的情感书写在一封封家书里，给在前线拼搏的白衣战士带来安慰与温暖，也激发了他们战胜困难的信心和力量。

值得注意的是，这些家书中有许多都是家长与孩子之间的通信，书写了亲子关系的新篇章。父母去了前线，舍生忘死，救治病患，连续多日坚守岗位。孩子在后方家里，从害怕、担心到理解、支持，从中知道了什么是责任和使命，什么是人间大爱，什么是家国情怀。家长是孩子最好的老师，孩子是家长的镜子，抗疫斗争就是一本最好的人生、家庭教科书。

家书是传统的通信方式，近年来几乎退出了我们的生活，可是在这场抗疫战争中，家书却重新"复活"，温暖回归。与碎片化的即时通信相比，家书背对背表达、时空延迟、文体灵活的优势，使写信人的内心世界得以充分展现，真情大义、家国情怀洋溢字里行间，成为抗疫之路上一道美丽的风景。与传统家书不同的是，此次的家书以电子版为主，纸质版为辅，绝大多数没有经过邮政寄递，而是通过网络送达收信人。这些家书有的直接写在手机或电脑上，有的写在纸上然后拍照发送，是传统家书与现代传播手段相结合的产物。

诞生于非常时期的逆行者家书寄托着作者的深厚情感，温暖了一个个家庭，给正在一线拼搏的抗疫战士带来了信心和力量。同时，逆行者家书也体现了爱国、敬业、诚信、友善等社会主义核心价值观，丰富了中国传统家书文化的内涵，反映了在大灾面前守望相助、同舟共济、共克时艰的民族精神。如同伟大的抗战精神一样，抗疫精神也是中华民族的精神财富。因此，这些逆行者的家书不仅是中国家书史上的一枝奇葩，更是此次全民抗疫的重要档案，必将永载史册。

作为一名家书研究工作者，我格外关注此次疫情中出现的家书，我们家书博物馆也有责任把这些家书收集和保存起来。为此早在2020年1月31日我们就与《北京晚报》联合发起了"战'疫'一线家书"征集活动。那段时间，四万多名白衣逆行者正在武汉及湖北各地与病毒鏖战，一封封家书穿梭于战地一线与后方，经媒体披露，感动着亿万读者，有的竟连续多日刷屏。

白衣战士在前线战斗时，就像太空人一样，穿戴着多层防护装备，包裹严密，让人无法看清他们的模样。直到中国摄影家协会小分队为他们拍摄了肖像，人们才看到了那一张张被防护装备勒压得伤痕累累的面容：有的笑靥如花，有的冷峻严肃。那么，在这些面容背后，又有着怎样纷繁复杂的人生况味？幸运的是，这些家书，不仅记录了那一段"风萧萧兮易水寒"的悲壮历程，更呈现了一个个五彩斑斓的人生世界。

这次应中国人民大学出版社邀请，重新梳理回顾这些穿越硝烟的家书，内心再次受到洗礼，再次感受到其撼人心魄的强大力量。我们从数百封家书中精选出五十余封，分为上、下两编，聚焦逆行一线的白衣战士及其家人，多角度展现他们的内心世界和家国情怀，并附相关背景介绍，从个人视角记录这场规模空前的抗疫战争。

如果要评选2020年的热词，"逆行"应该列于其中。看到这两个字，人们就会想到在那场艰苦卓绝的抗疫斗争中，那一批批前赴后继的逆行者，他们，正是我们这个时代最坚强的民族脊梁。

张丁

2020年6月6日

## 上编　为你出征

## 下编　等你归来

目录

上 编

# 为 你 出 征

儿子，妈妈选择了医生这份职业，就注定我们聚少离多。妈妈百分百爱你，但我的时间并非百分百属于你。

一位奶奶向我们作揖，激动地说："感谢你们那么远来救我们。"每天，我都会收到病人不计其数的致谢声。

接到医院报名支援湖北的通知以后，我其实是有片刻犹豫的，为什么呢？那是因为我的宝贝女儿就是我的最大软肋！

余从医数载，自知治病救人乃己之职责。正值疫情肆虐江城大地之时，百姓荼毒，一湖分两岸，荆楚本一家，余自当奋不顾身，勇往直前。

若儿成仁，望父母珍重。儿领国命，赴国难，纵死国，亦无憾。

这是一群人的战斗，一家人的战斗，是一座城市的战斗，一个国家的战斗。亿万颗爱心隔空相助如潮如涌。这座城里所有的人，依然在投入而生动地生活，将所遇万物打磨出微光。他们都是我愿用生命与之亲近的兄弟姐妹。

——郴州市第二人民医院新型冠状病毒肺炎
医疗救治专家组医生曹晓英致儿子

儿子：

展信佳。妈妈还是决定要进隔离病房。没有听你的话，跟你道歉。

那晚电话争吵中你说："现在形势严峻，医院的医生都可以上，为什么你这个快退休的人还要进隔离区上一线？这不是拿自己的生命开玩笑嘛！"我知道这是你对我的关心和担心，但我还是希望你能理解我，这是妈妈的职责和使命。

儿子，人生不应该是求得安逸，有奉献才能体现人生的价值。晚年亦复如是。

儿子，妈妈选择了医生这份职业，就注定我们聚少离多。妈妈百分百爱你，但我的时间并非百分百属于你。三十年前，我就与传染病结下不解之缘，你见过传染病人和家属看我的目光吗？那里面透出的是对医生的信任、对健康的追求和对生命的渴望。在他们眼里，我就是他们生存的希望。我深知传染病给人们带来的痛苦和折磨，我毕生的愿望就是消除这种痛苦和折磨。对不起儿子，我们短暂的别离是为了千家万户的欢声笑语。等这次疫情平息，妈妈答应你，尽可能地多陪陪你们。我相信你能理解的，对吗？

儿子，请你放心，妈妈和同事们都有信心也有能力打赢这场没有硝烟的阻击战。手足口、人感染禽流感、埃博拉出血热、鼠疫，我们都打赢了，而且赢得漂亮！

儿子，说不怕是假的。但在使命面前，"害怕"这个词必须放下。今年虽然我已56岁了，但妈妈是临床一线骨干，又是一名老党员，我必须扛起自己肩上的职责，必须义无反顾！

儿子，你说今年会带女朋友一起回家过年。妈妈很开心，因为你真的长大了。这些年妈妈总是忽略你的成长，没想到一晃你已经是要准备进入人生下一阶段的大人了。我很是欣慰。想想平时你总爱开玩笑说我是"三不管"，不管家不管你不管自己。但今天不一样，妈妈已经为你们准备好了年夜饭，放在冰箱的冷冻室，你回来热热就能吃。我就不陪你们过年了，替我向小玲道歉。

儿子，纸短情长，妈妈要准备穿防护服了。你放心，我会加倍小心。

乖孩子，现在换你守护这个家。妈妈要守护自己的阵地了。"使命必达，在所不辞"，这是妈妈践行的承诺，是妈妈对党和人民的承诺！

妈 妈

2020 年 1 月 22 日

【家书背后】

曹晓英，生于 1964 年 5 月，中共党员，大学文化，副主任医师，湖南省郴州市第二人民医院（传染病医院）感染病诊疗中心主任、新型冠状病毒肺炎医疗救治专家组成员。

曹晓英说，为了应对新型冠状病毒肺炎患者救治需要，病区 50 多名医护人员的团队，分成了 3 个梯队。第一梯队进入隔离病区 10 天，然后换第二梯队进去，第一梯队的人在医院进行医学观察 14 天。算下来，一个月要 3 个梯队才能忙得过来。

2020 年 1 月 21 日，郴州市首例新型冠状病毒感染的肺炎患者邓某某，从宜章县人民医院转入郴州市传染病定点收治医院——郴州市第二人民医院。当时患者体温 38 摄氏度，干咳厉害，体检显示其免疫力较差。

防疫形势严峻，曹晓英决定作为第一梯队进入隔离病房。她的儿子今年准备带女朋友回家过年，希望能和妈妈一起吃顿年夜饭，不同意妈妈进入抗疫一线。1 月 22 日，在穿防护服、进入隔离区之前，她给儿子写了这封信，跟儿子

曹晓英家书

曹晓英及其团队

曹晓英在发热门诊工作

解释她为什么要坚持上一线："今年虽然我已56岁了，但妈妈是临床一线骨干，又是一名老党员，我必须扛起自己肩上的职责，必须义无反顾！"疫情就是命令，包括曹晓英在内的广大医护人员就是抗疫一线的战士，他们用行动诠释着"白衣天使"的使命和责任。

1月30日上午，经9天奋战，邓某某治愈出院。"邓某某入院第2天，体温就降至正常水平，极大提振了医护人员的信心。"曹晓英说。邓某某体温降下来后，就没有再反复过，一直保持着正常体温，这给下一步治疗打下了很好的基础。邓某某的治疗进入第6天，医疗团队开始采取中医手段配合治疗。此后，邓某某体检各项指标均达到正常人水平，特别是她的免疫力比转入医院时得到明显提升，与正常人一样。

曹晓英说："记得我们第一梯队的医护人员进入隔离病房时，我很感动，没有一个人说我不去，反而很坚定地对我说：'主任，有你在，我们不怕！'而我对他们的要求就是，既要救治好患者，更要保护好自己，拿出平常训练的本领用在战场上。我非常欣慰，我们的团队圆满完成了这次任务，做到了医务人员零感染，郴州患者零死亡。"

由于在抗疫工作中的表现突出，曹晓英先后获得"郴州好人"和"湖南好人"荣誉称号。

# 你守在病房，我守在你身后

——山东省立医院援鄂医疗队护士林辉与丈夫于静洪互通家书

静洪：

江城冬日阴冷，时常飘雨。

来到武汉①，入住酒店已经凌晨两点半了，下着雨，气温很低。打开手机，各种信息一下子涌入，几乎全是亲人、朋友、同事们的祝福和嘱托，瞬间感觉到"平安"二字如此让人感动。

组长介绍了这边的疫情和工作计划，明天参加培训，愿早一点投入这边的工作，祝愿大家各自安好……

林 辉

2020.1.26 凌晨

---

① 应是黄冈。——编者注

静洪：

　　今天上午学习了国家卫健委下发的关于新冠状病毒感染的肺炎的疫情防控方案。下午休息调整，醒来又见到满屏的祝福与嘱托，不能一一回复，感谢大家支持，请勿挂念！老叔微信叫我一句"孩子"，老姨打来电话叫我一声"妮儿"，瞬间让我落泪。一切尽在不言中，不为光环，不为名利，只因患者需要，医者担当！家人们请放心！

　　　　　　　　　　　　　　　　　　　　　　　　林　辉

　　　　　　　　　　　　　　　　　　　　　　2020.1.26　19:00

林辉：

　　家中一切安好，勿念。

　　回首相识相知二十载，以前春节，多是我不在家，或是巡逻，或是警卫，或是执勤，或是出差，越是假期越忙，越是聚少离多。今年，单位领导春节主动带班，让我们除夕初一团聚，却不想随队出征不在家的是你。

　　其实，公安民警和医护人员本就是同行，护士守护健康，警察守护安全。我们都在守护生命，守护人民。

　　今天我值班。身为特巡警，对党忠诚是永恒的信念。全大队都已动员待命，各司其职，服从召唤，随时准备处置有关警情。疫情就是命令，你在前方一线奋战，我必严防死守，保后方平安。

　　孩子大了，能照顾自己。家中安好，万事有我。

注意身体，等你平安回来，一家人补年夜饭。

你守在病房，我守在你身后。

爱你。

于静洪

2020 年 1 月 27 日

静洪：

　　全副武装，一个班下来，累到腿软。大楼刚刚使用，还没有供暖，小腿冻得没了知觉，回到酒店直到中午才暖和过来。一个夜班，接了很多患者入院，病情评估，健康宣教，患者都没有家属陪护，给予患者心理护理，遵医嘱给他们吸氧，心电监护，一夜忙碌。大多数患者乏力，憋喘明显，咳嗽咳痰，血氧饱和度很低，患者也极度紧张焦虑。我告诉他们，我们是山东医疗队！是来这边支援医院的，你们放心，你们很快会康复！患者听了激动得不行，一下从床上坐起来，连声说："谢谢！谢谢！你们辛苦了！！"

　　医者仁心，此刻护目镜又蒙上了一层水雾……湖北加油！！

林　辉

2020.1.29　11:00

林辉是山东省立医院感染性疾病科的一名护士，也是一名警嫂，她的丈夫于静洪是济南市公安局槐荫区分局特巡警大队的一名民警，担负着处置突发事件，协同卫健部门开展防控救援等重要任务。他们的孩子是一名高中生，2020 年将参加高考。对这个家庭来说，20 年来，除夕团

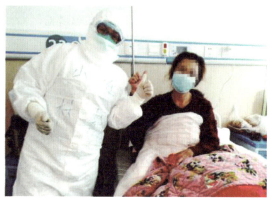

林辉与患者一起加油鼓劲

圆的年夜饭很难得，因为越是春节期间，110 民警和感染科护士越是需要 24 小时坚守岗位，两个人的春节假期，往往聚少离多。2020 年春节，突如其来的疫情使他们再次分离。

1 月 24 日，山东省紧急组建全省首批援鄂医疗队，林辉就是队员之一。1 月 26 日凌晨，山东省首批援鄂医疗队 138 名队员，按照国家卫健委要求，到达指定援助地点黄冈市，立即与地方对接，有序开展工作。

黄冈是湖北省除武汉以外疫情最重的城市之一，救治和防控压力巨大。山东首批援鄂医疗队普通救治组 75 人，其中 30 名医生，45 名护士；重症救治组 60 人，其中 12 名医生，48 名护士。这些"战士"全面投入战斗，坚决打赢这场疫情防控的阻击战。

1 月 28 日晚 11 点，经过山东援鄂医疗队全体人员与黄冈市医务工作者的共同努力，有黄冈小汤山之称的大别山区域医疗中心紧急启用，迎来首批新型冠状病毒感染的肺炎患者。

"我们是在跟时间赛跑，是从死神手中夺生命！"山东首批援鄂医疗队总领队张韬说，"重症患者在生死的边缘，我们早一点介入，一方面能缓解当地已经疲惫的医护人员的压力，争取时间；更重要的是让患者得到更及时、有效

的救治，为更好控制病情争取时间。"①

林辉在工作日记中写道：

2月1日18：30，患者的晚餐来了。病房里温度低，如果不及时发放很快就会变凉。我便和队友做了分工，我负责给患者发放晚餐，他负责患者治疗护理。近40名患者，我逐个把饭和菜送到他们手中。患者大多身体乏力，手上有留置针，有的还在输着液，大多数患者的餐盒、筷子都需要我帮他们打开。看着我的举动，患者们感动地连声说："谢谢，辛苦你了孩子！"

有一位60多岁的老年患者，我向他打招呼他不理我，用被子蒙着头，背朝着我。我对他说："大叔，饭菜来了，您快点起来吃饭吧。"患者没有反应，我再次询问："大叔，你怎么了？"

大叔说："我不想吃，吃不下，我已经好几天吃不下东西了，你不用给我留饭菜了，留下都浪费了，我也不吃。"我连忙安慰他："大叔，人是铁饭是钢，你不吃东西没有抵抗力，怎么能尽快好起来呢？你的家人还在外面焦急地等着你呢。你多少吃两口吧，哪怕吃两口青菜也可以。"

大叔听到我说的话，把被子打开，头转向了我，说："我只想喝点东西。"我对他说："这样吧，大叔，我把米饭分出一半来，剩下的给你倒上开水，你配上青菜，这样吃点稀的好不好？"大叔听了点头同意。就这样，大叔吃下了半份米饭和一些青菜，病房里的其他患者也纷纷起身用餐。我高兴不已，觉得所有的付出与劳累都是值得的。期间患者有需要换液体的，我要进行手消毒，给患者换过液体

林辉在隔离病区工作中

① 王凯.来自山东省援鄂医疗队的报道|山东医疗队收治首批患者.大众日报，2020-01-29.

之后再手消毒发放晚餐，再为那位 80 多岁不能自理的老人喂饭……等所有患者吃上晚餐，时间已经过了一个半小时。

走出病房，看到在走廊的尽头，我的队友一个人穿着厚重的防护服，一手拽着无创高流量呼吸机，一手拖着吸痰器负重前行，此刻尽是感动与心酸……我瞬间泪目，真的希望这是一场梦，梦醒的时候依然岁月静好，微风不燥。期盼国泰民安。[1]

林辉说："在黄冈的每一天都有新的感动，病人出院前一再对我表示感谢，说一生都不会忘记我，也不会忘记山东医疗队的救命之恩。出院的阿姨说：劫后余生，才知生命之卑微；大难不死，方懂生命之敬畏！

"我不善于表达，但我只希望所有的人都能好好的！我永远不会忘记在大别山区域医疗中心和医疗队战友们共同奋斗的每一天，那些防护服里的疲惫，护目镜下的汗和泪，口罩内的窒息感，都将让我成为新的自己。"[2]

---

[1] 【黄冈战"疫"/省医最美逆行者】山东首批援鄂医疗队员林辉：担当无悔 唯愿患者平安．山东医科大学附属省立医院官网．(2020-02-03). http://sph.54doctors.net/Html/News/Articles/16293.html.

[2] 黄冈直击|山东医疗队林辉：在这个"战场"，每天都有新的感动．齐鲁壹点．(2020-02-28). https://www.ql1d.com/news/show/id/11493870.html.

## 没有国泰民安，哪有家庭幸福

——南华大学附属第二医院援鄂医疗队医生洪余德致父亲

父亲：

展信佳！

"新年快乐，祝您身体健康"，这句话本来是在大年初一给您的祝词，过去一直都是这样，未曾想到今年却没有这个机会。

二〇一九年腊月新冠肺炎肆虐，在（衡阳市）①卫健委和医院的号召下，我（腊月）二十九就报名参加了（支援）湖北抗击疫情工作。我很心虚，怕您担心，只能开玩笑地和您说："全国医务人员（都在）准备支援湖北，我也去报名吧？"看到您脸上闪过的凝重神情，我想您应该是料到了吧？

大年初一清早，因病人病情变化，未曾和您招呼便出了门，我也没想到那就是（去）支援湖北的日子。处理好病人，立即参加医院组织的"壮行会"，然后匆忙赶回家收拾行囊便出发，出门时瞥见您侧着身、弓着背，我没有告别便夺门而去，对不起，不是不想告别，而是不敢告别。

您生育五个儿女，劳累奔波一生。母亲去世十年，您孤单寂寞十

---

① 括号内文字如不做特殊说明，均为编者所加，后同。——编者注

载。本该颐养天年，您却要在古稀之年照顾幼孙。在您生病的时候，即便头痛难以起身，腰痛不能直立，亦要强撑着，独自一人照料小孩。对不起，是儿子不孝，不能给您舒适的晚年，给您添麻烦了。

我平时不善言辞，（很）少和您沟通。当您和我说"有时很寂寞"时，我万分难过。对不起，是儿子不孝，不能体会您的孤独，不能温暖您的心灵。

作为一名医生，一名共产党员，支援前线是我的责任与义务，您不会怪我吧？同为父亲，我的不舍与眷恋和您一样，但没有国泰民安，哪有家庭幸福。请您放心，我一定会和战友们勠力同心，战胜流病，早日回到您的膝下。

待到春暖花开之时，我们繁花与共。

祝父亲安康！

儿：余德

2020.1.28  于黄冈

【家书背后】

写信人洪余德是南华大学附属第二医院医生。2020年1月23日，农历腊月二十九，得知湖北抗疫一线需要援助，身为共产党员的洪余德主动请缨。洪

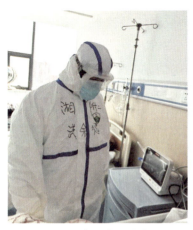

洪余德在病房工作中

洪俊元抱着孙女迎接儿子战"疫"归来

余德说，妻子同在医院，产后3个月就上班了，母亲去世10年，平时是父亲独自在家帮他带小孩。他没敢告诉71岁的父亲支援湖北的事，"怕老人家担心"。

大年初一，湖南省第一批援鄂医疗队共137人出发奔赴前线，其中包括洪余德在内的60名衡阳医护人员，组成"危重症患者救治医疗队"驰援黄冈。"那天我回家收拾行李，出门前看见父亲侧着身、弓着背，他不看我，我也没敢跟他告别。"洪余德有些哽咽。

洪余德家书

到黄冈后，洪余德和同行的医务人员被分配在素有黄冈版小汤山之称的大别山区域医疗中心，立即投入紧张的工作。每天忙得像打仗一样，防护服里的内衣湿了又干，干了又湿。"来到陌生的地方，面对这场抗疫战，心里没一点慌乱是不可能的，所以断断续续写下这封家书。"他说，写完后却犹豫要不要寄给父亲，"看了估计要伤心吧"。①

"作为一名医生，一名共产党员，参加这场战役是我的责任和义务。"洪余德的这封家书，被同事转发到朋友圈，信中这句话引起不少医务人员共鸣。

谈到在大别山区域医疗中心的经历，洪余德说："最难忘的是在黄冈ICU（重症监护室）工作的日子，机器尖锐的警报声和患者对生无限向往的眼神让我难以忘记。只有普通病房五分之一数量的病人，但医护人员是普通病房的2倍，每2天左右会有一个病人离去。但从没人放弃，那是对职责的坚守，对理想的追求，对生命的敬仰。黄冈的58天虽然短暂，但是足以让我受用一生，黄冈岁月让我体会到万众一心迎挑战，众志成城战疫情的民族凝聚力，让我感受到医患是战友，携手抗疫情的感动。"②

在经历了58天与病魔的奋战后，洪余德与医疗队的同事们圆满完成任务，于3月22号晚凯旋。在迎接的人群中，洪余德年过七旬的父亲洪俊元也来到他入驻的酒店门前，迎接这个不辞而别的儿子回家。谈到儿子，洪俊元心中的骄傲溢于言表："去参加这次抗疫，任务完成了，湖北老百姓的疫情得到了控制，少不了他们的一份功劳。作为他的家长，有他们的一份功劳，就有我们的一份骄傲。"③

---

① 张玉洁，袁汝婷，阮周围.携手抗疫 与子同袍——湖南驰援湖北"抗疫"侧记.新华网.(2020-01-30). http://www.xinhuanet.com/politics/2020-01/30/c_1125513465.htm.
② 胡雅萍.【洪余德】当一名仁心仁术的好医生.微信公众号"健康衡阳"，2020-04-03.
③ 谢雪.大年初一不辞而别，58天载誉归来.微信公众号"衡阳交通经济广播"，2020-03-23.

# 这仗我不打，着实面对不了自己

——北京医院国家援鄂医疗队医生文力致父母

爸妈：

　　不好意思。大过节，家里装修，又有传染病的时候，咱们现成的劳力加大夫就这么"没影"了。

　　不过我另外还要告诉你们的是，我并不在之前你们以为的南方某城市出差。实际上我作为国家医疗队的成员，已经在武汉，在新型冠状病毒肺炎病房里救治患者了。你们问的俞姐姐、白姐姐都说了假话。别怪她们，是我承诺请吃饭，她们才帮我圆谎的。

　　现在新的工作进入了正轨，有了点时间。你们也可能已经在网络媒体上看见了我的身影，谎言不攻自破。那就尽量担心之余少一点被骗的伤心吧。我也一把年纪，检讨就免了。就写此生第一封家书，表达歉意。

　　在这里挺好的，能吃能睡，还能履行天职。不过还是对不起，说了假话，别人阖家团圆的时候却让你们担心我的安危。但也是不得已。从接到通知到踏上飞机只有十来个小时，出发前还有太多的业务准备，时间的紧迫让我没有精力面对作为儿子的责任和内心深处的波澜，更关键我怕妈妈哭了我会走不了。所以，就干脆"忽悠"

17

了你们一下"溜"了。

我确实比普通民众更深知这次疫情的危险，我也怕感染，我也怕让你们今年又抱不上孙子。可武汉离咱们的家乡长沙和亲友那么近，作为在重症专业的资深工作者，"战火"烧到老家门前，这仗我不打，着实面对不了自己。可没想到更面对不了的是你们不知情地积极为我准备行李深入"险境"，彼时内心的愧疚感又岂是"百爪挠心"能够形容。对家而言，我跑得像个"逃兵"，挺狼狈的。但是请宽心，对国家的需要而言，我们是武装到牙齿的"先锋部队"。儿子不是"出走"，而是胜券在握的"出征"。所以请原谅我这个成年人犯的"孩子错"。有顶级医院多年培养的专业技术做支撑，有单位及国家如此坚强的后盾做依靠，我们一定能够战胜疫情，平安回来。

此外有几句送给我新的家人——此次冒着风险在前线跟我共进退的20位"战友"们。相较于没成家没孩子的我，你们大部分人对家庭的牵挂和歉意岂止我的数倍。但我相信，只要有决心、有信心，就一定能和兄弟医院、和武汉人民一起打赢这场战斗。下一份家书，就是咱们凯旋的捷报。

最后，还有亲爱的"兔王"，你可能还在生气我没听你的话先留在北京，还在临行前两天放了你爸"毛毛虎"的鸽子，没去呼伦贝尔见他第一面。让他们一大堆接待安排白费，还在亲友面前因为所谓的"帅姑爷"很尴尬。不过其实我也一直瞒着你，过年连放三天假对我这样一个老大夫也近乎奢望。为了见"未来岳父"，我提前几周首次用"晓之以理，动之以肢体"的方式找科里的哥们换了值班时间。还凿了近一个月的工资给他准备礼品。可诚意敌不过"天意"，不短的时间里咱们将见不到彼此。但请相信，这样的分别一定值得。如果回来以后，"毛毛虎"不计前嫌，我就做我这辈子最应该做的事。送你我翻译的西蒙诺夫的情诗《等待》：

长沙仔，长边上，岂能坐视武汉伤。

专业硬，有担当，文叔稳赢这场仗。

身体壮，厨艺棒，以后家务我来扛，我～来～扛。[1]

参考文献：
[1] 西蒙诺夫，等待，真理报，1942.10.11.

文 力

2020.1.30　蔡甸

## 【家书背后】

家书作者文力，北京医院急诊科副主任医师。2020年1月26日，大年初二，他作为北京医院医疗队的一员，跟随国家援鄂医疗队赶赴武汉。

临行前，文力和父母说了谎，告诉他们自己要去南方出差。在武汉的隔离病房完成第一次值守工作后，文力带着歉意给父母写了一封家书。

即将进入隔离区

文力（左一）在出征前与同事合影

文力与女朋友"兔王"

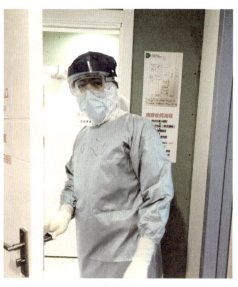

全副武装的文力

文力与爸妈

　　3月5日，文力和8位同事一起，因在抗疫前线表现突出，被北京医院党委批准火线入党。国家援鄂医疗队北京医院临时党总支的评价是："文力同志作为急诊科副主任医师，一直奋斗在抗疫的前线，在北京医院参加发热门诊的工作；在接到援鄂抗疫的任务时，又挺身而出，参加了第一批北京医院国家援鄂抗疫医疗队，在1月26日即已出发来到武汉。在前线抗疫的一个多月中，工作积极主动、从不退缩，在关键的时刻都能挺身而出。在成立C12西病房、联合ICU、B11东病房等工作中，都圆满完成所承担的工作。在病情需要时还放弃休息时间主动加班，表现出了一名优秀医务人员的奉献精神。主动完成问诊清单，帮助队员制定标准化诊疗流程并减轻了队员的工作负担。同时在前线关心队员，传递正能量，受到了大家的一致好评。"①

文力的这封家书节选刊登在 2020 年 1 月 31 日的《北京晚报》上，引起读者极大关注。尤其是他在信中所说的"'战火'烧到老家门前，这仗我不打，着实面对不了自己"，"对家而言，我跑得像个'逃兵'"等语句，触动了读者，迅速成为抗疫热语，形象地表达了一名白衣战士面对疫情逆行而上的心曲。

打印后亲笔签名的家书

也就是从这一天起，《北京晚报》联合中国人民大学家书博物馆征集战"疫"一线家书，并在报纸开辟专栏，连续刊载来自战"疫"一线的家书，如今这些家书已被家书博物馆作为文物永久收藏。

---

① 直击武汉 | 战"疫"一线，9 名医疗队员火线入党！.北京医院官方微信公众号，2020-03-06.

# 我做好了随时进入
# 隔离病房的心理准备

——湖南省儿童医院隔离病房护士胡佩致父母

致我亲爱的爸爸妈妈：

这也许是第一次正式给你们写信，请接收我最真诚的爱意。

年前我告诉妈妈，今年过年我不能在家陪你们，年前回来休息几天，过年期间我得上班。电话那头妈妈沉默了一会儿说："年前回来也好呀，特地准备了你最喜欢吃的菜，等你回家。"我也知道妈妈肯定希望我回家过年，因为哥哥在苏州消防部队，已经有六七个年头没有在家过年了，就只有爸爸妈妈在家过春节，感觉我们一家人很久没有春节在一起团聚了。你们的儿女都在为人民服务，时刻接受党的命令，即便不能相聚，我相信你们一定感到骄傲！

在此，我想对爸爸妈妈说：谢谢你们一直的支持和鼓励，我心里就没那么紧张和恐惧了，我希望你们在家里平平安安，身体健康，不用太挂念我们，我们在医院防护措施裹得严严实实的，我说过最危险的地方最安全。

作为一名护士，抗疫是本职；作为一名年轻党员，抗疫更是责任所在。在学校的党校培训中学习到，关键时刻党员同志要永远走在群众前面，虽然我没有冲在最前面，我却做好了随时进入隔离病房的心理准备。

　　我们自己在这个工作岗位上必须有自己的使命感，必须去做这样的事情。毕竟自己很年轻，怕自己经验不足，反而添乱，心里会有一些恐惧和担心，但是戴上口罩、面罩，穿上防护服就不紧张了，穿上工作服就要扮演好自己的角色，做好自己的工作。

　　等疫情结束，一定回家陪伴你们！

你们的宝贝女儿：胡佩

2020.1.30

## 【家书背后】

　　2020年1月30日，湖南电台头条号"马栏山新闻"发布了湖南省儿童医院"95后"护士胡佩一张布满血痕、裂纹的双手照片和一封"党员家书"，媒体争相转发，在全网产生强烈反响。

　　胡佩，1998年生，湖南娄底人，2019年参加工作，成为湖南省儿童医院感染科的一名护士。据胡佩介绍，自2020年1月27日大年初三开始，感染科所在的一整栋楼都变成了隔离区。初三晚上她值夜班，穿着防护服，戴双层手套。平常上班洗手消毒就比较频繁，上班前手就有点红，加上手套里有滑石粉的成分，戴上手套后感觉手有点刺痛，没想到第二天早上一摘手套，手背上的伤口都裂开了。手开裂后再洗手消毒就会很疼，尤其用带酒精的免洗洗手液会比较刺激。

　　她双手满是裂口的照片被发到网上后，很多认识的人来问怎么回事，告诉

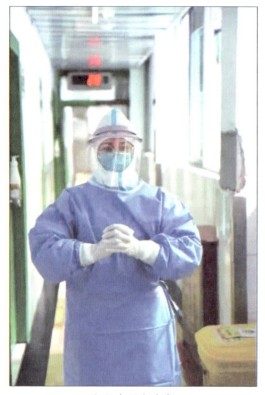

胡佩在隔离病房

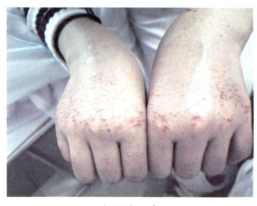

胡佩的双手

她要好好照顾自己，还有很多不认识的网友向她表达关心。据悉，从大年三十到初六，胡佩一直值夜班，大年初三设置隔离区后就没有离开过隔离区，直到同事换班才得到休息，她表示看医院的情况，随时可以再进入隔离区工作。

隔离病区，是直接与传染病人接触的地方。与病毒面对面，稍有不慎，医护人员就有可能被感染。因此医护人员进入隔离区，要严格按规定流程完成穿隔离服、防护服，套两层鞋套，戴双层口罩、乳胶手套、护目镜等一系列程序。隔离区内，他们穿着密不透风的防护服，戴着护目镜、双层口罩，稍一活动，浑身出汗，防护服内和护目镜上都是水汽，酷似蒸笼。为了工作期间尽量不去卫生间，他们往往很少喝水，有的甚至穿着纸尿裤，因为去一次卫生间就得脱、穿防护服，还要消毒，既浪费时间，又浪费医用物资。即使这样，在这次与新冠病毒搏斗中，还是有一些医护人员被感染，有的还献出了宝贵的生命。

疫情之下，全国各地许多医护人员奋战在救援一线。在最危险的隔离病区，他们与病毒搏斗，与时间赛跑，抢救患者生命。胡佩就是在隔离区工作的医护人员的缩影，在此向他们道一声辛苦了！谢谢！

# 我被这个世界爱着，
# 又怎么能不去爱这个世界

——北京世纪坛医院援鄂医疗队护士刘英致家人

爸爸妈妈：

我现在很好，这儿真没你们想的那么可怕。医疗队的好多领导，虽然咱都不认识，但他们把我们照顾得非常好，吃的用的都给准备得特别充分。工作也不累，下了班能休息很长时间，还有参加过非典抗疫工作的老同志帮我们，我的防护服都是他们帮着穿的。我特别喜欢这个环境，在有爱的集体里一起干着有意义的事。

所以，你们别瞎看网络报道瞎担心了，很多报道不一定是真的。你们亲闺女的汇报才是最真实的。我都不怕，你们还担心什么？

闺女有做得不对的地方，我来这儿不跟你们说不是故意瞒你们，是怕你们没事瞎担心。妈您也是，我来就来了呗，您还吓得肚子疼，怎么就那么没出息，那么大岁数了，什么没见过？这个时候您闺女像缩头乌龟一样，您就高兴了？您也不是这样的人啊！我之前不知道，你们已经知道了我来武汉的事，要是知道，我早就给你们打电话了。我答应你们，从现在开始，每天给你们报个平安。

老公，也谢谢你啊！我就说我命特别好，找到你就是我最好的运气。不过你一切由着我，只能让我更任性，看着你眼圈都红了我还挺不好意思的。可是你那么积极地给我准备行李，车开得跟飞一样地送我，就说明你是支持我的啊！我没事，你照顾好爸妈就行。

再代我跟公公婆婆说声抱歉，他们想各种理由阻止我来的时候，我态度不太好，他们害怕，我也没安抚他们一下。不过这几天我给他们报平安了。爸说，我是家里的骄傲，看样子也没有怪我。帮我跟他们说，我内心特别感激他们。我亲爸亲妈还大大咧咧地不咋管我，公公婆婆都快把我宠天上去了！谢谢他们！

我今天生理期，躺床上也不舒服，好在不当班，闲着没事给你们写写信，表达一下从来没有表达过的爱。我觉得很幸福，有那么多爱我的家人，有我喜欢的同事，也有我想干的事。我被这个世界爱着，又怎么能不去爱这个世界，对吧？

行了，就写这些吧，天天聊微信，别的情况你们也都知道。

勿念，保重自己，在家待着别出门。疫情过去了，我带你们去旅游，让你们好好散散心。

刘 英

2020.2.1

**【家书背后】**

刘英是首都医科大学附属北京世纪坛医院呼吸内科的一名护士，中共党员。2019年刚刚结婚，春节前与丈夫一起去了河北的公婆家。2020年1月26日大年初二上午，医院接到了关于组派医疗队援助湖北的通知。通知在医院各科室群里发布后，不到10分钟，全院医护人员热烈响应，刘英也积极报了名。"放假前已经有了心理准备，当时想的就是有召必还。"刘英和丈夫立即收拾行李，驱车赶回北京。临出发前，她在朋友圈写道："若有战，召必还，战必胜！"

刘英

1月27日深夜，刘英随北京首批援鄂医疗队到达武汉。经过系统培训后进入武汉协和医院西院，全力投入繁忙的工作中。为了让父母等家人放心，她在武汉前线工作间隙写下了这封家书。家书里的话，简洁质朴，热情爽朗，铿锵有力，不时冒出金句，如"在有爱的集体里一起干着有意义的事"，"我被这个世界爱着，又怎么能不去爱这个世界"等。这封信最早刊登在世纪坛医院的官网上，后被《见字如面》节目和媒体报道，广为传诵。

刘英在来到武汉第15天的日记中，记录了当天的工作状态：

现在穿防护服已经轻车熟路，很快穿好互相检查后便进入了病区，上午的工作量还真是不小，47个病人，其中4个病危32个病重。测字家族的就有：体温、血压、血糖还有血氧饱和度；输字辈的有：营养液、消炎药、平衡液、免疫球蛋白……好吧，前提我们先把静脉留置针给埋上，平时分分钟搞定的事情，我们戴着有雾气的护目镜并戴了3层手套的4个人围着找血管，还好，功夫过硬，一针见血。

第20天，刘英记录了医疗队"大管家"徐亦敏和心中的"女神"李想护

刘英在隔离病区

士长出色的工作，在榜样的带动下，她也收获了成长。正如刘英在家书中所说的，自己被爱包围着。"这里的每个人心里都装满了爱，每个人都被深深地爱着，抗击疫情的除了勇气智慧还有我们一腔的爱！"

来到武汉四十多天后，看到确诊数量减少，住院患者减少，重症患者减少，刘英内心的压力与紧张才得以缓解。有一次，值完一个大夜班回到驻地，洗完澡已经是凌晨3点钟。刘英打开手机收到一条信息：

我要说件一位护士美女的小事：好几次按铃呼叫，一按下马上就听到轻柔的回答声。她不是叫我的床号而是叫我的名字，听上去就像我的老同学和老熟人的呼唤声，问有啥事。感到特别亲切和温馨！而且立刻到床边解决问题。我病房的病员对她都很称赞。她对病区病员如此熟悉，对病员如亲人一样对待，实在让人感动不已！使我更加要努力加油去战胜病魔！这里给她点赞！昨天晚上才问了她，原来是北京世纪坛医院的刘英美女。

刘英说："这是我今天收到的最温暖的礼物！"

# 在这里，我感受到了浓浓的暖意

## ——邵阳市第一人民医院援鄂医疗队护士张淑珍致丈夫

亲爱的老公：

我不在家的日子，一切都好吧！出征前，儿子说耳朵痛，现在好了吗？女儿在家有没有主动学习？爸妈血压都好吧？我怕儿子、女儿的眼泪会让我难以割舍，所以出征前我拒绝你们来送我，不要见怪哦！

跟随湖南省援鄂第二医疗队来黄冈一个星期了，每天都忙碌而充实，本来想跟你们好好聊聊，可是等我下班时，不知不觉已凌晨三点了。

现在跟你说说我在这边的情况吧。在这里，我感受到了浓浓的暖意。

黄冈人民真好！黄冈的司机载着满满一车的医务人员，他就像捡到宝贝一样，激动地说：你们真好！到达酒店，已经是深夜，服务员为我们准备了晚餐和水果。

黄冈病人真好！穿了防护服，带着两层手套，再给病人打针，找血管的时候，病人说："你们这么善良，不怕被传染，我血管不好打，你就放心打，不管打几次，不要怕。"病人看到我们忙碌的身影，主动说："你们那么勇敢，过来给我们治病，我一定要好好注意卫生。我反正也没有什么事做，你发拖把和消毒液给我，卫生就由我们打扫。"一位奶奶向我们作揖，激动地说："感谢你们那么远来救我们。"每天，我都会收到病人不计其数的致谢声。

黄冈的同事真好！保护好自己，才能更好地为病人服务。由于环境陌生，每个病区会有两名医务人员在科室协助工作，这里护士在护士站自己戴普通口罩，把外科防护口罩让给我们戴。尤其是当看到大家在走廊一袋一袋地整理医疗垃圾时，我真的很感动。

在"大别山"医院，发生了太多感人的事情。在这里，我也更加感受到了医务人员使命的神圣。你在家替我感谢医院对我的栽培和信任，让我有能力有技术去帮助他人。在这场特殊的旅行中，你们可能觉得我很危险，而我觉得自己很幸福。家庭美满、儿女双全，还可以在危难时刻治病救人，实现人生的价值，此生无憾！

爱你的老婆：张淑珍

2020.2.3

## 【家书背后】

2020 年 1 月 25 日，湖南省卫健委紧急组建了第一批援鄂医疗队，共有 137 名队员组成，其中有 43 名医生，94 名护士，队员们来自 10 家三级甲等医院的呼吸、重症、感染、院感、护理等专业，于当天晚上 11 点到达黄冈。

张淑珍一家

1 月 28 日晚，第二批援鄂医疗队 137 名队员也到达黄冈，来自邵阳学院附属第一医院（邵阳市第一人民医院）的张淑珍就是其中之一。

1 月 29 日，湖南省第一批援鄂医疗队在大别山区域医疗中心开始收治病人，负责南 1 栋 5 楼两个病区。1 月 31 日，湖南省第二批援鄂医疗队也开始在大别山区域医疗中心收治病人，负责南 1 栋的 6 楼两个病区。

张淑珍担任湖南省第二批援鄂医疗队护理组副组长，她在 2 月 3 日的日记中写道：

从 2 月 1 日起，我们医疗队正式接收病人后，每天实行 4 班倒，4 小时工作制。当天凌晨，我便带领杨艳、张颖慧、曾磊等 7 名护理队员值了我们在黄冈的第一个夜班。凌晨 2 时，当我们正式接班后，一个小时便收了 8 个病人。虽然环境陌生，收治的也都是确诊病人，又是隔离区域，但我们一点都不害怕，立即投入忙碌的工作。在这里我们只以病人为中心，以他们的康复为首要任务。

我们每天都戴着双层手套、护目镜、穿着防护服，把自己保护得严严实实的。但这些东西也会给我们的操作和治疗带来困难，尤其是面对一些血管条件不好的患者时，就必须更细心更耐心（进院的每位患者都要打上留置针），护目镜上的雾气水汽会增加工作难度。尽管如此，我们的队员还是克服了种种困

湖南援鄂医疗队员在隔离病房工作

张淑珍在隔离病区

难，在交班前认真并合格地完成好了各项护理工作。虽然每天穿着防护服很重很沉很闷热，但是看到自己管护的病人开心的笑容，我的心里暖暖的……①

2月9日，国家卫生健康委办公厅下发文件明确，湖南省和山东省对口支援黄冈市。

其中，湖南省累计派出5批619名医疗队员对口支援黄冈市，队员们分别在大别山区域医疗中心、麻城市人民医院、红安县中医院新院区、英山县老年病医院、英山县人民医院、罗田县人民医院等10家医院，从事新冠肺炎患者的救治工作。截至3月18日，援黄湖南医疗队累计集中收治患者990人，其中确诊患者635人，疑似病例355人。累计收治的确诊患者中重症患者148人、危重症患者70人，累计治愈出院607人。

"在我们最困难的时候，湖南的医疗队来了，你们的到来，极大地缓解了我们的压力。"2月16日，黄冈市委副书记、市长邱丽新在同湖南支援黄冈医疗队交流时，讲到动情处，她不禁哽咽："这一份大爱，这一份深情厚谊，黄冈人民永远也不会忘记。"

3月19日，黄冈市人民政府决定授予湖南619名医疗队员和14名随队新闻工作者"黄冈市荣誉市民"称号。

---

① 何杰锋，姚里.援鄂日记 | 张淑珍：看到管护病人开心的笑容，我心里暖暖的.邵阳新闻网，(2020-02-04). http://www.syxwnet.com/fkyqsyzxd/p/98441.html.

# 这些都不足以阻碍我奔向武汉的步伐

——北京清华长庚医院援鄂医疗队护士姚洁林致母亲

我亲爱的老妈：

见字如见人，咱先谈好不许哭。这还是我长这么大第一次给您写信，千言万语不知从何说起，在这儿先给您拜个晚年！请您原谅女儿的"鲁莽"，原谅女儿的"自私"，原谅女儿的不辞而别，因为这一切在18年前您给我选择这身白衣时就已经注定。

面对灾难，不惧前行，救死扶伤，是白衣人的使命，是白衣人的责任，更是白衣人的担当。所以请您理解，战士在边防保家卫国，在疫情面前我们同样是保家卫国。因为时间匆忙，更是怕您担心，所以选择不告诉您，只在临行前给姐姐、弟弟发了条微信，嘱托他们照顾好您，并且别告诉您我来武汉的事。

这是我三十几年来，第一次离开您这么远、这么久，也是我第一次"背井离乡"。说实话我也想家，我也想您，但我不后悔自己的选择，您也应该为我骄傲。国难当头，匹夫有责，我也只是想尽自己的微薄之力。我知道您担心体弱多病的我，担心我贫血，担心我心律失常，担心我睡眠差，担心我免疫力低，但这些都不足以阻碍我奔向武汉的步伐。

　　我知道，不管我多大了，在您眼里都是孩子，都是您的宝贝女儿，您都为我担心。但请您放心，我会在照顾好病人的同时，也照顾好自己，也请您相信我们，相信党和国家，我们一定会打赢这场战"疫"。

　　最后说一句：老妈我爱你。长这么大，第一次跟您说"爱你"，勿念。

女儿：姚洁林

2020.2.4

## 【家书背后】

　　姚洁林，清华大学附属北京清华长庚医院呼吸与危重症医学科住院病房护士。2020 年 1 月 24 日大年夜，原本跟母亲约好回家吃团圆饭的她，失约了，因为要在医院值守隔离病房。大年初三，她又一次失约了，作为北京援

北京清华长庚医院援鄂医疗队队员赴武汉前合影，左三是姚洁林

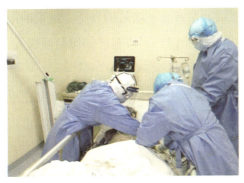

姚洁林（中）与同事们在进行临床护理操作

姚洁林在武汉一线写下了入党申请书

鄂医疗队的一员，她背起行囊，奔赴一线。

临行前，这个刚刚跨入本命年的"80后"姑娘，选择了"不辞而别"。直到抵达武汉的第十天，立春了，姚洁林才提笔给母亲高淑敏写了一封满怀歉意的家书。而接到母亲回复的短信，她才恍然大悟，善意的谎言早就露馅了——母亲一直佯装不知是怕她分心。"你瞒我，你以为我不会看朋友圈，其实我新学的，我看见时你已经下飞机了……你既然瞒我，我就装作不知道吧……不哭了，我支持你。"[1]高淑敏说。

为了让彼此放心，身处京鄂两地的母女都用自己的方式爱着对方。一次视频，姚洁林随口说了句"穿着防护服，出汗多，都快脱水了"。那一

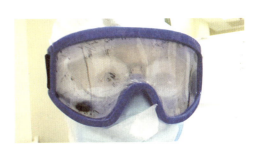

在武汉隔离病房里工作的姚洁林，护目镜严重起雾

姚洁林家书

---

① 刘欢，韩冬野. 老妈，长这么大第一次跟您说"爱你". 北京晚报，2020-02-12.

瞬间，她注意到母亲心疼的眼神，赶紧把话题岔开了。之后的日子，她说的最多的就是"挺好的"，不再提工作多忙多累，而是跟妈妈讲自己如何照顾病人，给他们喂饭、拍背、理发……

"女儿是我的心头肉，怎么可能不想，但我得支持她的工作。"高淑敏把思念埋在了心里。想女儿时，她就一遍遍地刷疫情新闻。"看着新闻中频频出现女儿的名字，我既骄傲，又欣慰。"①

2月8日，姚洁林正式向临时党支部提交了入党申请书，而她的实际行动，就是向党提交的第一份充实的思想汇报。

---

① 师悦.见面时亲口告诉她"妈妈也爱你".北京晚报，2020-04-01.

# 我的宝贝女儿就是我的最大软肋

——银川市第一人民医院援鄂医疗队护士刘艳红致女儿

亲爱的女儿:

今天,你给我发了一张照片,身上穿着我的衣服,说:"看看,全是你的衣服!"平时,你偶尔也会穿上我的衣服,我便会逗你说:"干吗穿我的衣服?是不是觉得穿上我的衣服就像我抱着你一样!"没想到今天,你全身上下都穿上了我平时穿的衣服!

妈妈看到,瞬间泪流满面。

你知道吗?接到医院报名支援湖北的通知以后,我其实是有片刻犹豫的,为什么呢?那是因为我的宝贝女儿就是我的最大软肋!那一天是大年初三,1月27日,报名还是不报名?我很难抉择。但是只有5分钟的犹豫时间,我最终在报名接龙里写下了我的名字。回家后,你早已知道,意料中的难以接受!你严肃地对我说:"妈妈,是真的吗?你走了我怎么办?"我无法回答,唯有忙碌地收拾行李……

孩子,我说不出什么家国情怀的豪言壮语,我自认为我的思想觉悟也还没达到那样的高度,但是,我是一名医务人员!我是一名护士!现在正需要呼吸专业的人员,而我恰恰具备条件。关键时刻就该挺身而出，特别是在这样一个特殊时期！我绝不后悔！

妈妈之所以狠心离开你，那是因为我对你有十足的信心！你是个非常优秀的孩子，从小懂事，自立，要强，学习成绩一直也不错，妈妈一直以你为傲！我相信，妈妈在与不在，你同样优秀！

果然，你最终理解了我，并对我说："妈妈你放心去吧！我没事了！"

从确定名单到通知出发，不到20个小时，期间你反复地问我，有通知了吗？什么时候走？也没心思好好学习，不停地刷着新闻，关注着疫区的信息。临走前，你还是悄悄低下头又哭了。你知道吗？转身的那一刻，妈妈也哭了……

我亲爱的孩子，谢谢你！你是最棒的！我相信你能够很快调整好自己，投入学习当中去！

妈妈爱你！妈妈一定会平安归来！迷彩服属于你。

爱你的妈妈

2020.2.5  09:40

【家书背后】

夜再长也有星空陪伴，路再长也会有终点。这些坚守武汉、奔向武汉的人，也不过是谁家女儿，谁家丈夫，谁家妻子，谁家爸爸。从容奔赴，是因为脚下这片土地值得一个人深爱。妈妈加油，武汉加油，中国加油！

这是银川市外国语实验学校初二（8）班曹家瑞，写给奋战在襄阳抗疫一线的护士妈妈的一封家书。远隔千里，她已经好多天没见到妈妈了。

曹家瑞的妈妈叫刘艳红，是宁夏银川市第一人民医院呼吸与危重症医学科的一名护士。在2003年"非典"特殊时期，她曾主动参加抗击"非典"医疗队。这次接到医院报名支援湖北的通知时，虽然要与最疼爱的女儿分别，她还是毅然在报名接龙的名单里，写下了自己的名字。

2020年1月28日晚，刘艳红随同宁夏回族自治区137人援鄂医疗队抵达襄阳。次日，她所在的援鄂医疗小分队来到老河口市第一人民医院。在隔离病房，穿着厚重闷热的隔离服，汗水模糊了护目镜，刘艳红坚持视病人如亲人，给他们最轻声的安慰、最暖心的话语和最细心的照料。

收到女儿这封信，看到女儿的支持和鼓励，身在一线的刘艳红流下了思念和感动的泪水。工作间隙，她给女儿回了前面这封信。

在湖北襄阳抗疫一线奋战一个多月后，3月20日刘艳红随宁夏医疗队胜利归来，进入为期14天的集中隔离期。从小热爱美术的刘艳红决定拿起画笔，

刘艳红在病房

刘艳红在工作中

讲述抗疫故事，家里人得知她的想法后，还给送来了水彩笔和纸张。刘艳红创作了《与时间赛跑》《最美的模样》《口罩勒痕》《同呼吸共命运》等作品，战友们看了之后纷纷点赞，认为通过这种幽默直观的方式，展现身边抗击疫情的故事，很有纪念意义。

与时间赛跑

最美的模样

口罩勒痕

同呼吸共命运

亲爱的儿子：

你的信妈妈看到了。妈妈在武汉一切都好，工作和生活都很顺利。不要担心防护的问题，你可别忘了，妈妈是一名医护人员，会把自己保护好的！

转眼间，来到武汉协和医院已经11天了。回想起出发前，你就像个小尾巴一样跟在妈妈身后，像个小大人儿一样，不停地嘱咐我要穿暖，要注意身体。妈妈很骄傲，小小的你像个大男子汉一样承受这一切，全力支持妈妈！

儿子，你知道吗，其实每次工作前妈妈也会紧张，害怕被病毒污染，害怕出错。但是每当妈妈步入病房，穿好防护服，就会立刻平静下来，因为我知道下一步我就要投入护理工作中，我要面对的是正在被病痛折磨、需要照顾的人们，我必须去帮助他们！一天6小时，妈妈会穿着厚重的防护服，步履不停地穿梭在层层密闭的隔离病房里，查房、换药、安抚。病房里每个病人都会被单独隔离，由于疾病的传染性，他们不能有家人的陪伴。

记得有一位老爷爷，病情较重，需要用尿壶在病床上解决小便的问题，妈妈去查房时，看到他正在气喘吁吁地下床坚持自己去倒尿壶。他说："我不想给你们护士添麻烦，你们真的很辛苦，我能干的自己干就好。"因为担心他病情加重，我接过了尿壶，帮他倒掉，并安慰他安心养病。说这些，是想让你知道，妈妈的工作不仅是给病人抽血、发药、输液，还需要像家人一样照顾他们、跟他们聊天，让他们不再孤单无助。

还记得妈妈曾经给你念过的誓词吗？"我自愿当一名护士，忠诚于护理事业，全心全意为病人服务……把我的一生献给崇高的护理事业。"是的，护理是妈妈的事业，就像要把你抚育成人一样，是妈妈毕生的责任和信仰！

我最亲爱的儿子，他日，待你长大，无论你在哪里在做什么，请你记得，一个人的信仰不能丢。你说妈妈是比蜘蛛侠、雷神还要厉害的大英雄。妈妈想告诉你，真正的英雄，不是拥有神奇力量或武器的人，而是面对艰难险阻，不忘初衷、信守诺言、迎难而上的人，妈妈希望你也能成为这样的人，让我们成为彼此的英雄，好吗？

爱你的妈妈

2020.2.7

**【家书背后】**

张芳芳，首都医科大学附属北京中医医院主管护师，有呼吸科、心血管科工作经历，并在重症监护室工作9年，具有丰富的重症护理经验，曾多次荣获优秀护士奖、优秀带教、优秀专科护士、ICU专科认证及护理骨干称号。驰援武汉号召令一发出，她毫不犹豫地请缨参战。

幸福的一家人

大年初三，接到出征武汉的消息。张芳芳迅速收拾行李，9岁的儿子种岳泽在旁边拉着她的衣服说："妈妈，能不去吗？我不想离开你。"看着稚嫩的孩子，张芳芳一时哽咽，她强忍泪水，笑着说："孩子，妈妈是护士，护士就是在别人生病不舒服的时候帮助他们，现在武汉'生病了'，妈妈必须去。"

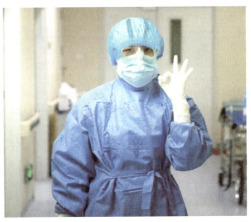

张芳芳的防护服上写着"种岳泽好好学习"

出征时，种岳泽和爸爸一起去首都机场给妈妈送行。他一边往妈妈的箱子里塞羽绒服，一边叮嘱说："妈妈，你一定多穿点！一定多喝水，多休息！千万不能感冒，不能咳嗽！我会听话，好好写作业，等你回来检查。"这一幕，让

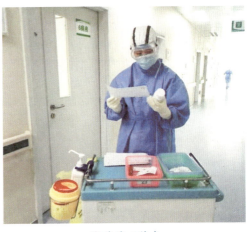

张芳芳工作中

在场的许多人潸然泪下。

抵达武汉后，张芳芳很快投入忙碌的工作。有一天，她突然收到了儿子的来信。“听说您的腿都累肿了，您一定要多注意休息……您永远是我心中的英雄。”看到儿子悉心的叮咛，张芳芳落泪了，她说：“我们三个人从来没有分开这么久过……”

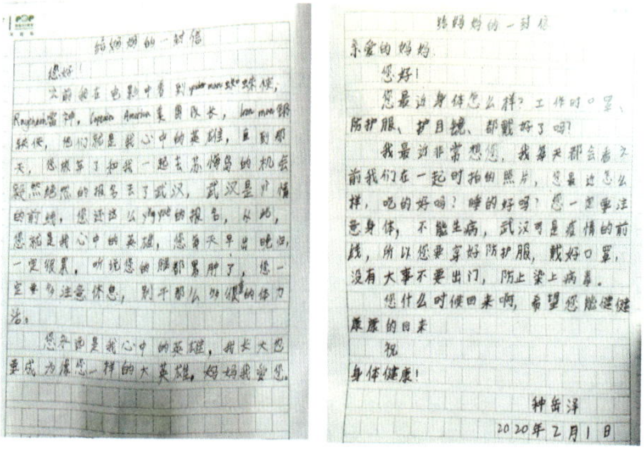
给妈妈的一封信

您好！

以前我在电影中看到spider man蜘蛛侠，Raytheon雷神，Captain America美国队长，Iron man钢铁侠，他们都是我心中的英雄，直到那天，您放弃了和我一起去苏梅岛的机会，毅然地报名去了武汉，武汉是疫情的前线，您还这么yongyue的报名，从此，您就是我心中的英雄，您每天早出晚归，一定很累，听说您的腿都累肿了，您一定要多注意休息，别干那么多累的体力活。

您永远是我心中的英雄，我长大也要成为像您一样的大英雄，妈妈我爱您。

给妈妈的一封信

亲爱的妈妈：

您好！

您最近身体怎么样？工作时口罩、防护服、护目镜、都戴好了吗？

我最近非常想您，我每天都会看之前我们在一起时拍的照片，您最近怎么样，吃的好吗？睡的好吗？您一定要注意身体，不能生病，武汉可是疫情的前线，所以您要穿好防护服，戴好口罩，没有大事不要出门，防止染上病毒。

您什么时候回来啊，希望您能健健康康的回来

祝

身体健康！

种岳泽

2020年2月1日

9 岁儿子写给张芳芳的信

2020 年“三八”国际妇女节期间，中国妇女杂志社与学习强国、中国人民大学家书博物馆联合推出“声传家书，致敬天使”主题活动，征集战“疫”家书，并邀请康辉、鞠萍、凯丽、周涛、黄圣依等知名人士配乐朗读，致敬抗疫巾帼，为前线的白衣天使送上独特的妇女节“有声”礼物。其中，鞠萍朗读了种岳泽写给妈妈的两封信。当身在武汉抗疫前线的张芳芳听到鞠萍的朗读音频时，非常激动。没想到是儿时的偶像“鞠萍姐姐”来朗读儿子的信，太幸运了！

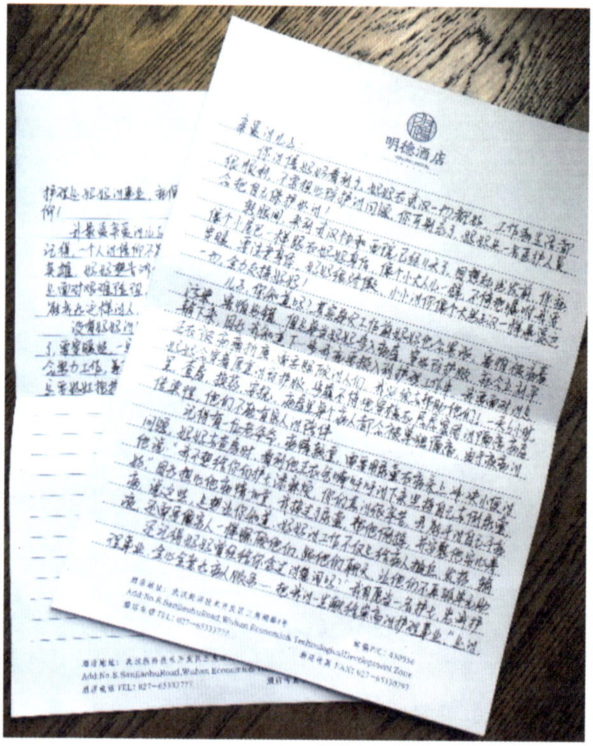
明德酒店

张芳芳给儿子的回信

3 月 31 日，张芳芳在武汉协和医院西院奋战两个多月后，随北京市属医院医疗队离开武汉返京。

张芳芳的爱人和儿子种岳泽把家里的小轿车"装扮"一新，前机器盖上贴了"幸得有你　山河无恙"八个大字。父子俩守在医疗队隔离休整的酒店外等着，"爷俩儿说哪怕远远看上一眼也行……"张芳芳有些哽咽，"太想他们了，每过一天，我们团聚就近一天。"

驰援武汉 65 天，回京后集中隔离 14 天，熬过了 79 天的思念，4 月 14 日下午，北京市援鄂医疗队的 138 名医护人员终于回到自己的小家，与亲人团聚。张芳芳也终于迎来了和丈夫、儿子的团聚时刻。

疫情期间，种岳泽给妈妈写了七八封信。他在信中说自己心中的英雄不再是蜘蛛侠、雷神了，而是妈妈。张芳芳笑着对儿子说，你跟爸爸在家的表现让妈妈完全没有后顾之忧，可以为更多的病人服务，你们也是妈妈心目中的英雄。

5 月 12 日护士节前夕，《中国妇女》杂志要回访张芳芳，鞠萍表示再忙也要抽时间一起去。"我要亲自给张芳芳这位抗疫英雄献上鲜花，还要去看看她懂事可爱的儿子种岳泽。"

5 月 9 日下午三点，鞠萍敲响了张芳芳的家门。打开家门，看到儿时的偶像手捧鲜花站在面前，张芳芳简直不敢相信自己的眼睛，惊喜不已，赶紧与儿子一起把"鞠萍姐姐"迎进了家里……

鞠萍姐姐给张芳芳献上鲜花

# 我特别想
# 为我的同胞做点什么

——中南大学湘雅医院国家援鄂医疗队护士朱恋致父亲

亲爱的老爸：

从2019年年底我们就约好，2020年这个春节我会带着老公孩子一起回汨罗相聚。很可惜的是，我失约了。

从武汉暴发新冠肺炎开始，身为医务人员，我们一直在关注着前线消息，为武汉人民的情况而焦急。知道武汉市医疗资源紧缺，医务人员短缺，尤其是重症专业人员缺口较大，这直接关系到危重症病例的病死率，我特别想为我的同胞做点什么。

当1月26日下午，我接到护士长发到微信工作群里的通知，说国家卫健委需抽调重症医学科能做连续性血液净化的护士去武汉紧急增援，我第一时间报名了。很抱歉，那个时候我只记得自己身为一个医务人员的职责，却忘了身为女儿的责任。我甚至拒绝了您来车站送我的心意，我怕看见您担心的脸，也怕您会阻挠我的决定。

而现在，距离我来武汉金银潭医院支援也快半个月了。请您放心，虽然一直在抗疫一线，但我们的防护物资还是够用的，进入隔离区我都会认真做好防护，手套、口罩、防护服、护目镜、面罩、脚套，我都会认真穿好，出隔离区也会慢慢仔细脱下防护服，认真做好消毒和手卫生。

　　我现在所在的病房是个临时搭建的ICU。即使刚来时觉得工作流程不太适应，但您女儿毕竟也有将近10年的重症护理经验了，很快就找回了状态，甚至结识了很多从各地赶来支援的护理同仁，交了很多朋友，我们每天工作7～8小时。

　　这里是重症病房，所以病人大都病情危重，有的上着高流量呼吸湿化治疗仪，有的上着无创或有创呼吸机，有的病人持续做ECMO（体外膜肺氧合，提供体外心肺支持），有的持续床旁血液净化，也有些病情较轻的只需普通氧疗的病人。他们特别可爱，喜欢问我来自哪里，知道我是湖南人后，又喜欢学我说湖南话。科室里一直都很忙碌，但大家都在坚守，都很团结，病人们都在配合我们，这给了我们力量和动力，尽管忙碌，但是并不慌乱，一切都是井然有序的。

　　生活上，医院给我们安排了酒店，我住单间，酒店有一日三餐。还有很多武汉市内的社会爱心人士给我们送水果牛奶，甚至还有保暖内衣和羽绒服。上下班不仅有班车接送，还有很多志愿者也在免费开车接送我们。老爸你看，这是个懂得感恩的城市，我们来到这里工作，付出了辛劳和汗水，但我们也得到了馈赠。

　　我一直都很有信心，只要我们能团结一心，同舟共济，就一定可以很快打赢这场疫情防控阻击战！到那时，我亲爱的老爸，我一定要带着你来看一看武汉最美丽的樱花，吃武汉最好吃的热干面。

爱你的女儿：朱恋

2020.2.9

朱恋，1989年出生，湖南省汨罗市新市镇人，是中南大学湘雅医院一名有着将近10年重症护理工作经验的护士。

2020年1月26日，大年初二，本是朱恋轮休的日子。下午两点，她在微信工作群内收到了这样一条通知："接国家卫健委通知，现需抽调重症医学科连续血液净化护士5名前往武汉紧急增援，请所有科室同仁立即报名到护士长处！"没有犹豫，朱恋第一个报了名，从报名到名单确认，仅用了1个小时。

朱恋的丈夫姜尚军是湘雅常德医院的一名外科医生，就在朱恋收到通知的前一个小时，姜尚军也被通知重返工作岗位。将5岁的女儿托给爷爷奶奶照顾之后，朱恋匆匆收拾了行李。

临行前，朱恋给父亲朱友付打了一个电话，告诉父亲一定要有心理准备，去了有可能回不来。父亲坚持要来长沙送她，被她婉拒。朱恋原本计划初六回汨罗新市的老家过年，看来注定"违约"了。

1月27日，大年初三，朱恋与中南大学湘雅医院重症医学科的4名护理专家组成国家援鄂医疗队奔赴武汉市金银潭医院。

武汉市金银潭医院作为传染病专科医院，是最先收治新冠肺炎患者的定点医院，同时也是收治重症和危重症患者最多的医院之一。而湘雅医院支援的病区，则是该院收治最危重患者的区域。

新型冠状病毒感染的危急重症患者可能会多器官功能损伤，危及生命。此时，连续血液净化治疗可以延长患者的治疗窗口期，让他们得以继续等待更好的药

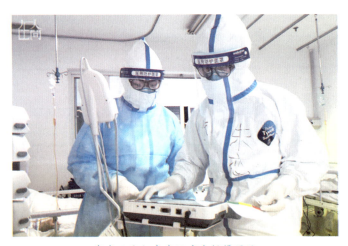

朱恋（右）在武汉市金银潭医院

物和更好的治疗方式。而这项重要治疗手段对专业技术要求特别高，中南大学湘雅医院重症医学科在日常工作中就组建了重症肾脏与血液净化小组，积累了大量临床经验。

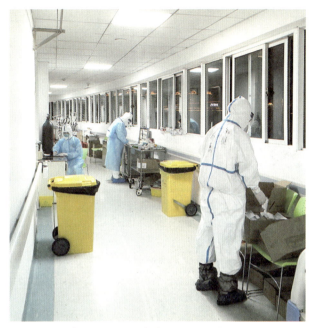

朱恋（右一）在武汉市金银潭医院

然而，早期武汉救治病患的严峻形势还是给医疗队带来很大的压力。朱恋是中南大学湘雅医院国家援鄂医疗队中第一位进入隔离病房的护士。"早上 7 时 55 分医护交接班，穿上防护服上岗，进入临时搭建的重症监护室，一个房间三四个病人，上班时间是 8 时到 18 时，中午有一个小时的用餐和休息时间。上午 5 个小时，因为穿着防护服，不能喝水、不能上厕所……" 1 月 28 日，上岗的第一天，朱恋感到很不适应。

病房和医疗护理团队都是临时组建的，医护人员在操作、工作方式上各有差异，医疗物资供给不足，以及对病毒和高危风险操作的恐惧，让朱恋的心理防线几乎崩溃。一起去的 5 个护士都哭了。金银潭医院缺人手的时候，朱恋每天工作 10 小时，两班倒，一个班只有一个人。"前三天，我心里真有疑惑，自己能全头全尾地回去吗？"朱恋说。

不久，朱恋渐渐适应了隔离病区的工作流程，医护人员在磨合中变得默契，医生和患者之间也熟悉起来。"哪怕是一个小小的操作，病人都会为我们竖起大拇指。"在金银潭医院，朱恋护理的"清醒的病人"都称呼她"湖南湘雅的小护士"，手脚麻利的她深受医生和患者的喜爱。

朱恋说，她每天工作特别繁忙，整天要穿着经常湿透的防护服，戴着密闭

回家后，朱恋拥抱女儿

的N95防护面罩，还有对病毒、高危风险操作、可能被感染的恐惧。经常下班的时候都是零点，基本上都赶不上医院到酒店的班车。但是医院附近经常会有武汉市民自发组成的车队免费接送她们。

朱恋是同组人中送走病人最多的，有六七位。"这是我自己负责的，还有帮同事处理的，就更多了。"她替去世的病人换衣服，给他们整理东西，从一堆物品中把证件、手机和钱留下，然后全面消毒。

坚守武汉市金银潭医院两个多月，朱恋等5位湘雅护士始终坚守在战"疫"一线，配合医生气管插管、心肺复苏等抢救工作，累计在3个ICU护理危重症患者220多例，实施CRRT（连续血液净化）治疗700多小时，ECMO护理240多小时，实施肠内营养100多例次，协助实施俯卧位通气50多例次，在做好危重患者基础护理的同时将重症专科护理技术如血浆置换、内毒素吸附、血液灌流、CRRT串联ECMO、超声引导下动脉置管、空肠管置入等经验与同行交流推广，为打好防控抗疫的攻坚战，贡献了湘雅力量。

朱恋（中）捧着父亲送来的锦旗

3月31日下午，在武汉市金银潭医院坚守了65天的中南大学湘雅医院5名重症医学科护理人员凯旋长沙。在长沙的隔离酒店，父亲为朱恋送来一面锦旗，上面写着："女儿，你是最棒的！老爸为你骄傲"。

——中南大学湘雅二医院国家援鄂医疗队医生毛丹致家人

父母亲大人在上，冯磊吾爱，半夏吾儿：

敬悉康和，至为欣慰。

父母亲大人，此刻华灯初上，夜色迷离。女儿虽孤身在外，一切起居，无不惯适。元宵佳节，本应举家团圆，女儿响应国家号召，紧急与百数战友奔赴武汉疫区一线，不辞而别，恳请见谅。此次北上逆行出征江城，身为医生，身为党员，女儿义无反顾。且女儿坚信，举国上下之力，万众一心，定能斗破这弥天"瘟疫"，驱散这病毒邪气。寒冬将尽，只待春江水暖，樱花漫天，疫情平息，便是女儿归来之日。

吾父正直勇敢，吾母勤劳善良，汝等虽为农民，辛劳一世，却身体力行，教育女儿应当积极向上、大公无私、鞠躬尽瘁。时至今日，谆谆教诲，从不敢忘。余初问道岐黄之时，正值非典瘟疫肆虐，虽为医学生，却心有余而力不足。彼时，余即暗下决心，若他日国之有难，必当赴汤蹈火，一往无前。余从医数载，自知治病救人乃己之职责。正值疫情肆虐江城大地之时，百姓荼毒，一湖分两岸，荆楚本一家，余自当奋不顾身，勇往直前。既在前线，定当尽吾所能，救死扶伤，方能彰显医者仁心。然父母年过古稀，常抱恙欠安，瘟疫虽未侵袭家乡，然二老仍不能大意，注意防护。稚子年幼调皮，托付二老照看，方能让我在前线无后顾之忧，感恩之情，跪而叩谢！

至爱吾夫，离别情怀，今犹耿耿。忆往昔，吾等相识相知相爱，已逾十载。执子之手，与子皆老。情人节将至，分隔两城，思念之情，与日俱增。然你我同为医者，同着白衣，悬壶济世，乃吾等天职所在也，自当无暇顾及花前月下，卿卿我我。疫情蔓延，虽来势汹汹，自当无所畏惧，坚守岗位，以血肉之躯，筑为城墙，冲锋陷阵，抵抗疫情，守护民众健康。春寒料峭，望夫君善自珍重，闲时则返乡陪伴幼子，照顾年迈双亲，无我在侧，无使我忧。情长纸短，不胜依依。

吾儿半夏，为娘虽身在异乡，最记挂之人莫过于汝。汝尚且年幼，懵懂无知，独自寄居于外祖家中，二老悉心照顾，虽无父母在旁，尚且欢快自在，无忧无虑。离别数日，吾闻得汝常于夜深人静时嘤嘤哭泣，实为思念父母，为娘不禁暗自神伤，潸然泪下。但父母身系人民健康，舍身赴一线，未可旦夕相顾，望日后能成汝之榜样，教以父母之志为志，以父母之职为傲。再无他想，唯愿汝平安健康。

书不尽意，恕不一一。

勿念。

毛 丹

庚子年正月二十日夜于武汉

## 【家书背后】

毛丹，湖南宁乡人，中南大学湘雅二医院中西医结合科主治医师，也是中南大学湘雅二医院国家援鄂医疗队的一员，与队友一道支援武汉同济医院中法新城院区。

毛丹和爱人、孩子

"救死扶伤是医生义不容辞的责任。作为一名党员，应当时刻铭记自己的理想和信念，面对被新冠肺炎荼毒的江城百姓，我绝不能袖手旁观。"[①]毛丹知道，这是一场极其危险甚至有去无回的战斗，家中父母均年过七旬，小孩还不到3岁，但她得知国家卫健委紧急调派湘雅二医院国家援鄂医疗队前往武汉实施救援的通知后，瞒着家人，义无反顾地和队友踏上了北去的列车。

在同济医院战"疫"期间，除了积极采用中医治疗手段为患者治疗外，毛丹还和医疗队另外7名医生一起，自发联系海外华人志愿者，组建了湘雅二医院援鄂医疗队海外咨询分队。"我们通过微信群答疑等方式，义务为海外同胞提供线上咨询服务，指导他们在疫情期间如何正确进行自我防护、居家隔离、心理调适等，让海外同胞感受到了祖国大家庭的温暖。"毛

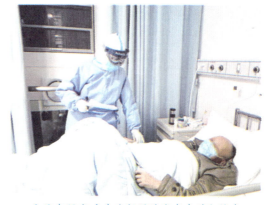

毛丹在隔离病房为新冠肺炎患者进行检查

---

① 李向.回龙铺女子瞒着家人支援武汉：只要患者痊愈出院，所有付出都是值得的！.微信公众号"这里是宁乡"，2020-04-10.

丹说。

3月29日，随着病房里最后一对夫妻患者出院，整个中法新城院区B8西区患者正式清零，毛丹和队友圆满完成了医疗救治任务，为战"疫"交上了一份漂亮的答卷。3月31日，在当地市民的热烈欢送下，毛丹和医疗队一起返程回到长沙。

毛丹的这封家书措辞古雅，表达了新时代一位白衣天使的心声，把对家人的亲情和国家的大爱表现得淋漓尽致，读来令人荡气回肠，感动不已。从历史上看，每个时代都有反映那个时代的优秀作品，家书也不例外。三国纷争，诸葛亮留下《诫子书》；六朝华丽，鲍照撰有《登大雷岸与妹书》；宋儒辈出，司马光写下《训俭示康》；晚清巨变，《曾国藩家书》一纸风行；庚子初春，新冠病毒肆虐，又有毛丹的抗疫家书，中华家书文化绵延不绝也。此信语言优美、思想深刻、情感浓郁，尽显中国家书魅力。作者医者仁心，抛家别子，逆行前线，不仅医德高尚，而且文采斐然，诚可贵也。此篇佳作，既可存史，亦是美文，同时也是中华优秀传统文化创新性发展的一个范例。

# 疫事一起，儿自请缨，蹈火而行，生死不念

——中南大学湘雅医院国家援鄂医疗队医生赵春光致父母

父母大人敬启：

儿领命离湘赴鄂，已有一周，衣甚暖，食颇饱，眠极安，父母勿念为盼。

疫事一起，情形颇烈，武汉三镇，尽为病土。儿自领命，无一日不着白衣，无一日不在前线，施针药，救死伤，施我所学，冀有所得，不敢半点儿戏，不敢一丝懈怠，惟望不负二老所嘱，医院所托，国家所命。

常忆我父，着戎装，执甲兵，护卫南国天空，兵锋所指，宵小不敢窜犯；念我母，供三餐，勤耕织，耳提面命，受形秉气，养育之恩，日日挂怀。犹念垂髫之时，父母命我行正步，敬军礼，望我从军报国，以承父业。孩儿顽劣，未进行伍，唯报国之心，时时不敢涣散。今疫事一起，儿自请缨，蹈火而行，生死不念。唯忧我父，溽不知热；唯虑我母，寒不知冷。星汉两地，相隔甚远，不能绕膝床前，儿颇念之。但喜我妻甚贤，可解二老孤怀，所需所命，可尽驱使，儿虽远离，亦如膝下。

此役，万余白衣，共赴国难，成功之日，相去不远。苍苍者天，

必佑我等忠勇之士；茫茫者地，必承我等拳拳之心。待诏归来之日，忠孝亦成两全。然情势莫测，若儿成仁，望父母珍重。儿领国命，赴国难，纵死国，亦无憾。赵家有死国之士，荣莫大焉。青山甚好，处处可埋忠骨，成忠冢，无需马革裹尸返长沙，便留武汉，看这大好城市，如何重整河山。日后我父饮酒，如有酒花成簇，聚而不散，正是顽劣孩儿，来看我父；我母针织，如有线绳成结，屡理不开，便是孩儿春光，来探我母。

惟愿我父我母，衣暖，食饱，寝安，身健。儿在他乡，亦当自顾，父母无以为念。

时时戎马未歇肩，

不惧坎坷不惧难。

为有牺牲多壮志，

不破楼兰终不还。

不孝儿春光顿首，顿首，再顿首

二零二零年二月十三日

## 【家书背后】

事有凑巧，佳作成双。

就在湘雅二医院医生毛丹在武汉同济医院中法新城院区给家人写下那封荡气回肠的文言家书的同一天，在武汉协和医院，来自湘雅医院的赵春光医生也给父母写下了一封文言家书。

不过这封家书当时并未公开，是在50多天后的清明节期间，被湖南媒体率先披露，又经新华社、《人民日报》、央视等权威媒体报道，从而广为人知。网友争相转发，几乎刷

赵春光全家福

屏。人们被作者国士赴难、义无反顾的悲壮和忠孝两难全的家国情怀打动。

写信人是湖南中南大学湘雅医院国家援鄂医疗队队员、重症医学科主治医师赵春光，收信人是他的父母。赵春光提笔写下这封家书后，并未第一时间寄给父母，而是将之"封藏"。50天后，父母才读到这封情深、词古、气壮的家书。4月5日，援鄂归来、尚在隔离的赵春光接受了媒体的采访，讲述了家书背后的故事。

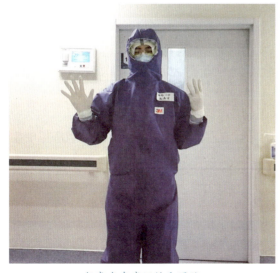

赵春光在武汉协和医院

赵春光援鄂期间的工作照

赵春光家书

2月7日，35岁的赵春光主动参战，跟随医院组织的130名医护人员紧急驰援武汉。这天是他儿子赵一勤5岁生日，赵春光来不及陪儿子吃完生日饭，就和同事们一起紧急奔赴武汉。

赵春光一直工作在武汉协和医院西院重症病房，他说，医生每天都要对几十个重症患者进行救治，给患者带来生的希望。每一位白衣战士时时刻刻都在与死神斗争，不敢有丝毫懈怠。初到武汉，重症病房的医护人员每天都要连续工作8小时以上，长时间高强度工作，心理、生理压力大，挑战每一个人的身体极限。

2月13日，赵春光轮班回到宿舍，脱下穿了一整天的防护服，听着窗外的救护车鸣笛声，突然无比想念父母妻儿。赵春光说，每天面对重症病房里的生死搏斗，他不知道自己还能不能活着回来，还能不能尽做儿子的本分。他想写一封信给家里，"万一真的怎么着了，也给家里人留个念想"。

赵春光说，那个时候真的是一边写，一边掉眼泪，"与其说是家书，不如说是一封藏起来的遗书"。他没有勇气将信直接转给父母，因为他们年纪大了，看到这封信，可能承受不了；也不敢发给妻子，担心她忧思牵挂。

赵春光把信转给一位相识多年的挚友，把爱人的微信号也留给了他。叮嘱朋友说："如果真有那么一天，你就加我爱人微信，再把这封信转给他们。"

4月3日，这封"封藏"了50天的家书，被湖南人民广播电台《潇湘家书》栏目播发了。在湘雅医院工作的妻子李娜说，这封家书，朋友在医疗队返湘之际转给了她，她看哭了。其实丈夫在武汉她很害怕很担心，每天都会要一份在武汉的湘雅医疗队的排班表，在里面寻找自己丈夫赵春光的名字。母亲张新英含泪对记者说："我心里不好受，儿子冒着大危险，我看不下去了。"赵春光75岁的父亲赵贺庭则自豪地说："儿子是党员，党员就要勇于担当，冲锋在前。"

赵贺庭是一位老党员，转业退伍飞行员，1976年唐山大地震时，他是第一批运输救灾物资进入灾区抢险的战士。日常生活中，赵贺庭习惯用硫黄皂，既能洗洁，又能消毒。老父亲在即将出征武汉的赵春光背包中，塞了两块硫黄皂。在武汉，赵春光用到那两块硫黄皂时，深切体会到父亲无言的爱。

赵春光说："父亲是老党员，是战士，总是冲锋在前。经过武汉战'疫'，我觉得自己与父亲一样，是勇敢的战士。"

# 人类的全部智慧都包含在两个词中：等待与希望

——江西省妇幼保健院援鄂医疗队医生余腊梅致父母

亲爱的爸爸妈妈：

见字如晤。

此刻，随州上空飘起了纷扬的雪花，这也是春节后这里落下的第一场雪。

这真是一个不一样的春节，2020年2月2日，正月初九，我就瞒着你们，偷偷交上了一份请战书。

但你们应该是有预感的吧，那几天我一直在收拾行李，去年"双十一"刚结束了为期一年的援非，行李都还放在那儿没动呢。你们问我在干吗，我说只是整理一下东西，然而手里拿的却是一个大箱子，把厚衣服一件件往里放，你们默默地看着我，仿佛有了预感。

离别那天还是来了，出发当天我把消息告诉你们时，爸爸沉默，妈妈哭成了泪人，儿子把碗一放躲进房间不出来了。

最终是爸爸劝服了大家，他说："决定去做的事情就去做吧，你从小到大都是一个特别独立的孩子，每一次做的决定都是对的。"

40多岁的人了，还被父母叫成孩子，真让人羞愧。与其说我每一次的决定都是对的，不如说是人生每一步的选择，都受到你们的影响，有你们为我指引方向。

无论是 5 岁时，你们说，为人在世得善良，为他人着想；还是 10 岁时，妈妈说，虽然生活清贫，但书籍就是最好的大餐；还是 20 岁时，送我和妹妹上大学，最后一个当了医生，一个成了大学老师，因为你们觉得，教书育人与治病救人，都是对社会有用的。

你们塑造了我，塑造了今天这个爱打抱不平、喜欢东奔西走、勇敢无畏的余腊梅。

所以，当更多的中国的孩子有了危险，我站了出来，这是职责所在，也是从小刻在骨血里的精神传承。

爸爸是退伍军人，我是白衣战士。按照爸爸的说法，在家国大义面前，我们就是要舍小家顾大家的。"为人在世，有三件事不能避。为民请命不能避，为国赴难不能避，临危受命不能避。"

来到湖北后，你们总是问我，为什么不通个视频，让你们看看样子，听听声音。我也想，但我不敢。

因为妈妈爱哭，我怕她哭起来爸爸又要劝半天，而我可能也会忍不住，还是间接一些的方式比较好。来湖北后，我养成了每天下班后发朋友圈的习惯。爸爸妈妈，这朋友圈就是写给你们看的，不只给你们，也给一直关心我的朋友们。在这场没有硝烟的战役中，我想记录下我和战友们的工作点滴。

2 月 14 日那天，我就在朋友圈里记下了这样一个瞬间。

一个四次剖宫产史合并瘢痕妊娠的患者清宫不成功，需要开腹手术，黄主任请我搭台帮忙，虽然手术粘连严重，但是第一次的赣鄂医生手术合作很顺利。

16点16分，我的双手接住了华丽的初啼——3公斤的男宝宝。而这也是新冠肺炎疫情防控期间江西支援湖北医疗队帮助湖北接生的第一个新生儿。孩子妈妈说，她给这个孩子起名"冠冠"，让他不忘记自己的来处，懂得生命的可贵。

这个冬天我们遭遇了病疫的严寒，牺牲了很多，而生命的延续，就像清晨照耀大地的第一缕阳光，让我感觉温暖。人类的全部智慧都包含在两个词中：等待与希望。

爸爸妈妈，期待春暖花开时，我们再见。到时候，我一定为二老补上错过的69岁寿宴；到那时，一定是大地逢春，山河无恙，我们可以和所有摘下口罩的家庭一起，出门展欢颜，再叙好时光。

女儿：腊梅

于2020年2月16日大雪漫卷时

## 【家书背后】

余腊梅，2001年毕业于华中科技大学同济医学院，现为江西省妇幼保健院产科主任医师，中共党员。

2018年11月，余腊梅主动申请加入江西省第23批援助突尼斯医疗队，开

余腊梅抱着她在随州接生的宝宝"冠冠"

余腊梅和新生儿合影

余腊梅在病房工作

余腊梅在随州工作中

始了为期一年的援非之旅。余腊梅所在的突尼斯梅德宁大区气候条件恶劣，高温干燥，长年有风沙，饮用水无法保证，生活极其不便。然而，就是在这样的环境里，余腊梅和另外一名中国医生需要承担平均每月400多个新生儿的接生工作。一年时间里，她立足岗位处理高危孕产妇及难产近万例，用实际行动践行着"大爱无疆、医者无界"的可贵精神。2019年，她获评"江西最美医生"。

从非洲回国仅仅3个月之后，2020年2月11日晚，她又随江西省援鄂医疗队对口支援随州市医疗队火速奔赴湖北，可谓从一个"战场"奔赴另一个"战场"。

余腊梅曾在华中科技大学同济医学院读书，5年的青春时光都留在了武汉。"对于湖北，我有着深厚的感情。"疫情发生后，余腊梅在湖北的大学同学都奋战在抗疫一线。"我的很多同学都冲在湖北的抗疫一线，有的甚至在隔离病房连续奋战了近一个月。现在，我和他们并肩作战。"

余腊梅是江西对口支援随州市医疗队派出的两名产科医生之一，她们承担起对随州产科危重症救治的指导和对新冠肺炎孕产妇患者的治疗工作。抵达随州后，余腊梅被分配至随州市中心医院。为了让长期连续工作的随州医生赢得休息时间，余腊梅迅速投入战斗，哪里需要就去哪里。第一天就参与制定相关医疗制度，明确工作职责和要求，进行远程会诊，开展抗疫救治医疗工作。"说实话，不怕，那是假的。但没有后退的理由，因为，我是一个医生。"

2月14日，在随州市中心医院，产房有台急诊手术，余腊梅主动请缨上阵，剖宫接生一名3公斤的男婴，这是随州市中心医院在江西医生和湖北医生合作手术中，诞下的第一个湖北宝宝。她把这个喜讯写在了家书里，与父母分享。

3月23日，随着疫情趋于稳定，余腊梅在随州坚守一个多月后随队撤离。她说，"离别时随州人民十里相送、情意绵长，这一幕幕，亲历其中，我们前方每个人，都能感受到肩上职责和使命之重。"

5月18日，南昌市各小学终于迎来全面复学，学生们也迎来了特殊的第一课，江西战"疫"英雄走进校园，向学生们讲述战"疫"故事。当天，余腊梅走进南师附小玉泉岛校区，与学生们分享那段难忘的战"疫"时光。"这场战斗的胜利，不仅仅因为医者孤独的逆行与拼命，更因为每一个行业、每一个中国人都为之拼过命！这场没有硝烟的战斗，从不是一座城市一个省的而是一个国家的战斗。"

余腊梅说，"我当了20年医生，抗击'非典'一线，援非一线，援鄂一线，我的人生似乎比许多人要精彩得多，但在随州的这42天，让我受到最强烈的心灵震撼。我有憾无愧，我遗憾不是第一批援鄂队员，因为那样，我可以做得更多。"

余腊梅与父亲

# 17 年后，我终于成了你

——北京大学第一医院国家援鄂医疗队护士
李佳辰与母亲互通家书

亲爱的女儿：

得知你要去武汉前线的消息，一时间有些恍惚。思绪拉扯回 17 年前，我去非典前线的一幕幕浮现在眼前。那时你刚刚 9 岁，也许你还不懂非典是什么、前线是什么。为了能给妈妈加油鼓劲儿，你用稚嫩的小手给妈妈弹奏了一首《世上只有妈妈好》。那时的妈妈，身上肩负着医务人员的责任与使命，虽然义无反顾奔向前，但心里最牵挂、最放心不下的还是年幼的你。

17 年后的今天，新冠病毒肆虐，长江后浪推前浪，我的宝贝女儿奔赴前线。妈妈很是欣慰，我的女儿长大了，当年那个给我弹琴加油的小丫头，如今背上行囊，逆流而上。妈妈为你骄傲，为你自豪，也为你揪心。你永远是妈妈最大的牵挂。

小丫头，今天是你在武汉的第一个夜班。此时此刻，妈妈坐在办公桌前，满脑子都是你在武汉工作的想象。看着旋转的时针，计算着你下班的时间。闺女，防护服穿得是不是规范？带着三层手套操作是否方便？你已经进入病区 3 个小时了，护目镜里的水雾和汗水会不会影响视线？你对躺在病床上的患者如何传递温暖？时间一分一秒地向前赶，闺女，坚持住，你正在用智慧与汗水同病魔搏斗。

妈妈坚信，这次特殊的经历，注定会成为你人生中的一次沉淀与成长。看到朋友圈里关于你们抗击疫情的报道，平日里爱发朋友圈的妈妈，没有任何想发朋友圈的欲望。妈妈只盼女儿勇战病毒，脱下铠甲战袍，依旧是天真洒脱的模样。

这一次血与火的考验，一定丰满了你的羽毛，强健了你的翅膀，让你真正体会了白衣战士的使命与责任。

这一次生与死的较量，一定会让你更深刻地思考人生的意义，褪去稚气，调整人生的天平，用你的感悟为今后的人生导航。

亲爱的女儿，妈妈为你骄傲为你自豪，妈妈为你祈祷为你祝福！

爱你的妈妈

2 月 10 日凌晨 1:00 于北京

亲爱的老妈：

见字如面。

17 年前，虽然我还小，不能确切地理解何为前线、何为没有硝烟的战场，但在我心里，妈妈是个拯救生命的英雄，像动画片里救人于水深火热之中的超人。那时的我，不懂得奋斗在一线的辛苦和危险，只是骄傲地感到，我有一个超人妈妈。

如今，我也像当年的您一样，肩负使命，站在这个没有硝烟的战场上。临行前，您一遍又一遍地叮嘱我，保护好自己，照顾好病人，穿防护服要仔细，不能有遗漏，脱防护服要小心，千万不要污染。在您故作镇定的目光中，在您难以抑制的颤抖的话语里，我感受到了您的不舍与担忧。老妈，别紧张，请给我逆行而上的勇气，我正是当年那个勇往直前的你啊！

17年，弹指一挥间。在肆虐的病毒面前，曾经是你，而今是我。17年后，我终于成了你。我们同是白衣天使，更是肩负同样使命的战友。我们一路相伴，砥砺前行。

放心吧老妈，我定会不辱使命，照顾好我的病人。

放心吧老妈，我会时刻牢记您的百般叮咛，保护好自己。

放心吧老妈，你的女儿已长大！

辰辰

2月17日于武汉

北京大学第一医院第三批国家援鄂医疗队合影

2020 年 2 月 7 日上午，一架飞机从首都机场起飞，向着武汉飞去。飞机上是北京大学第一医院派出的第三批国家援鄂医疗队，包括 23 名医生、88 名护理人员，共计 111 人，被称为"百人天

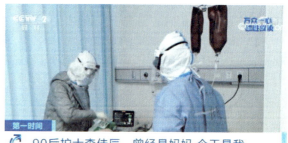

90后护士李佳辰：曾经是妈妈 今天是我

李佳辰（右）在隔离病房工作（央视截屏）

团"。重症医学科护师李佳辰就是其中的一位。

这次同时出发的还有北京大学人民医院 110 人，北京大学第三医院 113 人，连同北京大学第一医院的 111 人，总共 334 人组成超强阵容。北京大学党委书记邱水平说："这一天是北大建校以来，组织国家医疗队规模最大的一次，援鄂医疗队为国家、为民族做贡献的行为必将载入史册。"①

李佳辰随队到达武汉后，与同院驰援武汉的 15 名重症医学科同事一起，独立负责华中科技大学同济医院中法新城院区的一个重症病区，通过精心的治

---

① 【北大医院人在前线】再次吹响集结号，百人天团增援武汉，共同战"疫".北京大学第一医院官网，(2020-02-07). https://www.pkufh.com/Html/News/Articles/30693.html.

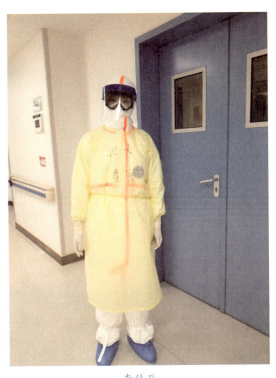

李佳辰

疗和周到的服务，从病魔手中抢回一个个重症病人。

李佳辰的妈妈韩金香是北京市大兴区人民医院的一名护士长，2003年曾参加抗击"非典"。这次疫情暴发后，她鼓励女儿支援武汉，但女儿真到了前线，她却忍不住担心。女儿走后，她想了很多，包括自己17年前抗击"非典"的画面、女儿小时候可爱的样子、如今女儿在武汉工作的情况……

2月10日这天晚上，子夜已过，难以入眠，韩金香给女儿写了一封信，除了殷殷思念和谆谆叮嘱以外，更多的是坚定支持和热情鼓励。凌晨3点，李佳辰刚刚结束在武汉的第一个夜班，就收到了妈妈发来的微信。带着妈妈的叮嘱，李佳辰每天奋战在重症病房，她一个人要照顾五六名患者，输液、打针，负责他们的生活起居，帮助他们心理舒缓，工作中，她经常会想到妈妈在信中提醒的"如何给病人传递温暖"。

一周后，李佳辰给妈妈写了一封回信，火热的语言中跳动着一颗年轻善良的心。这两封家书让我们理解了什么是骨肉相连，什么是牵挂与期盼，什么是责任与传承，什么是自信与成长。医者仁心的职责使命、救死扶伤的大爱情怀，在一代代中华儿女的传承中发扬光大。

# 你们放心，
# 女儿不是一个人在战斗

——成都医学院第一附属医院援鄂医疗队护士李曦杨致父母

亲爱的爸爸妈妈：

你们好！

当你们看到这封信的时候，一定很惊讶吧？这是 29 年来第一次提笔给你们写信。今天是 2020 年 2 月 19 号，感谢你们在 29 年前的今天带我来到这个美丽繁华的世界。你们知道的，我是一个恋家的人，除了上大学，我从未离家这么久。今天是我离开你们、来到武汉的第 17 天，回首从写请战书，到接到驰援武汉的命令，再到临别前声声叮嘱，此情此景，历历在目。

妈，我知道，您心里是不愿意我去的。我是一个胆小且在你眼中生活不能自理的人，但是您又明白，从我宣下南丁格尔誓词，戴上燕尾帽那刻起，我便成为一名战士，国家需要我的时候，我定会奋勇而前的。知女莫若母，您半夜为我打包行李，不断在耳边交代嘱咐。

爸，都说父爱如山，您对我的爱，沉默且安静。临行前，看见您双鬓出现的白发，突然间发现，那个为我和妈妈撑起一片天的男人老了。我知道，您为了这个家，吃过苦，受过累，但你我均不善言辞，我俩从未详谈过一次。

爸，妈，武汉原本是一座美丽且热闹的城市，不过她在这场新冠战役中沉睡了。去年和你们分享了一张网友在武大拍摄的樱花，繁花烂漫。原本计划今年带你们来看看的，看来要搁浅了，我们相约明年吧！

爸，妈，同事们人都很好，前几天还在视频里提前给我过了生日，你们放心，女儿不是一个人在战斗！

爸，妈，29 年来从未主动拥抱过你们一次，等我回来，一定认真抱抱你们；我也从未开口对你们说过"我爱你们"，等我回来，我要亲口告诉你们，我爱你们，你们比我的生命更重要；我们从未有过一张正式的全家福，等我回来，一起去照吧！

爸，妈，一口气说了这么多，仍然要叮嘱你们：少外出，勤洗手，出门一定戴口罩。你们平安了，我才能在这里踏实工作！

前些天看见新闻中澳洲大火后，枯树已长出嫩绿色新芽的照片，极为震撼。我相信，武汉的春天也快来了，待春暖花开，万物皆安，我便回来了。好了，千言万语，道不尽我对你们的思念，我会平安回来，你们保重身体！

爱你们！

你们的丫头：杨杨

2020 年 2 月 19 日

　　李曦杨，1991年生，成都医学院第一附属医院重症医学科护士。她是家里的独生女，疫情暴发后第一时间报名参加支援武汉，成为四川省第三批援鄂医疗队队员，2020年2月2日奔赴武汉。

　　除了职业使命、父母支持外，李曦杨还有一个去前线的动力。2008年汶川地震发生时，李曦杨读高二，那年，全国支援四川，她感受到了暖意和中国人的团结。"作为一名四川人，曾得到过那么多帮助，这次武汉有需要的时候，我们肯定要挺身而出。"李曦杨说。

2月2日李曦杨抵达武汉时，接受央视新闻采访
（央视截屏）

　　抵达武汉后，经过一系列培训，四川第三批援鄂医疗队进入武汉大学人民医院（东院）参与救治工作，李曦杨主要负责危重症病区患者的护理，喂饭、翻身、

李曦杨在隔离区工作中

李曦杨在工作中

吸痰……护理工作事无巨细。"每天 5 个班次，我一天的工作时间 4～5 小时。"

李曦杨在武汉共奋战 59 天，她和病人建立了深厚的友谊，身高 173cm 的她，被病人亲切地称为"模特妹妹"。在 2 月 2 日前往机场的路上，李曦杨郑重写下了入党申请书。在武汉，她再次郑重向医疗队临时党委递交了入党申请书，并以实际行动积极向党组织靠拢。她的战"疫"事迹先后被央视新闻、四川卫健委官微、澎湃新闻、腾讯新闻等媒体报道。

2 月 19 日是李曦杨的生日。2 月 16 日晚，在武汉的队友和成都的同事们通过视频连线提前给她过了一个难忘的生日。在队友和同事们的祝福声中，她许下了自己的生日愿望：愿疫情早日结束，山河无恙，人间皆安。

2 月 19 日，李曦杨在医院里度过了自己的生日，晚上 10 点多才回到驻地，她把提前写好的家书发给了爸爸妈妈，说这是给父母最好的礼物。

为庆祝"5.12"国际护士节，四川省卫生健康委员会组织开展了"心中最美护士"评选宣传活动，全省共有 20 名护士获此殊荣。抗疫战士李曦杨凭借出色的护理工作当选"心中最美护士"。

# 您是在用自己独特的方式为武汉加油

——北京天坛医院援鄂医疗队护士辛枫致母亲

亲爱的妈妈：

您和爸爸还好吗？

女儿支援武汉一线已经一个月了，很想念您和爸爸，也很惦念你们。你们每天的生活怎么样，身体还好吗？有没有按时吃药，妈妈的手好些了吗？

看到妈妈给我剪的剪纸，我很感动。妈妈的手骨折还没有完全恢复，就剪了这些复杂的剪纸，我懂您，您是在用自己独特的方式为武汉加油，为战斗在一线的全体医护人员鼓劲。我作为其中的一员，作为您的女儿，备受鼓舞、士气大涨。您放心，女儿在一线绝不会辜负父母的期望，不会有辱自己的使命，我一定坚持到底，早日战胜病毒凯旋。

儿行千里母担忧。请爸爸妈妈放心吧！我在武汉，会做好防护、照顾好自己；不会松懈，不会轻言放弃。待到山花烂漫时，病毒消散，我平安回家，女儿一定会好好陪伴父母。爸爸妈妈，疫情期间一定多保重身体，女儿爱你们。

女儿：小枫

2020 年 2 月 24 日

【家书背后】

2020 年 2 月 22 日，正在武汉抗疫前线奋战的首都医科大学附属北京天坛医院感染科主管护师辛枫收到了一份特殊的礼物，她的母亲创作了 6 张剪纸画，为北京市援鄂医疗队的医护人员加油助威。这些剪纸画都以抗击疫情为主题，辛枫看着母亲传来的剪纸画照片说，一定不会辜负母亲的期望。

辛枫 79 岁的母亲

"这两张是前几天剪的，另外这四张构图比较复杂的，是这两天才完成的。"[1]母亲通过手机发来的照片，辛枫怎么也看不够。照片上是一张张鲜红的剪纸画，剪纸画中医护人员惟妙惟肖，构图也颇费心思。

为什么要创作这些剪纸？"全国这么多白衣天使，这么卖力气、不怕吃苦，

[1]　景一鸣，王雅贤，和冠欣. 七旬母亲为"战士"加油. 北京日报，2020-02-24.

辛枫母亲送给医疗队队员的剪纸

我觉得心里特别痛。我也干不了啥，剪几张剪纸，给大夫护士们鼓鼓劲。"老人的话，质朴感人。老人今年79岁，学习剪纸画已经四五年了，她创作的"梅兰竹菊"剪纸画还参加过大赛。

1月27日下午1时40分，北京天坛医院感染科护士辛枫第一个出现在集结地，此时距离医院发出"集结令"还不到半小时。原来，在家待命时，她就把行李全都打包好，一接到通知就立刻出发了。作为在感染科工作17年的资深护士，辛枫先后经历了SARS、甲流等多场"硬仗"。得知医院要组队支援武汉，她第一个报了名。去武汉的消息，她是在前往机场的大巴上告诉父母的。母亲一听就哭了。辛枫答应老人，每天都会跟家里视频连线。

这次收到母亲发来的剪纸照片，辛枫既开心又心疼："前一段时间妈妈的手骨折，现在还没完全好，这样一幅剪纸作品，老人要剪两三天……"[1]

"感受到了后方家人的鼓励，特别振奋。"辛枫说，等疫情结束回到北京，她准备好好陪陪父母，带他们出去旅旅游。

---

① 刘欢. 慈母手中的剪纸带给她最温暖的鼓励. 北京晚报，2020-02-29.

# 即使只是汪洋大海中的一滴水，也要努力泛起一朵美丽的浪花

——北京中医药大学东直门医院国家援鄂中医医疗队护士
吴盼盼致未来的孩子

亲爱的儿子 / 女儿：

我是你的妈妈，希望你收到这封信的时候不会觉得太惊讶。

2020 年 2 月 25 日 20:30，回到休息室，心情有些沉重，今天重症病房里一位护理姐妹被确诊感染了"2019 新型冠状病毒"。今年我 27 岁，未婚单身，却又憧憬、渴望有个幸福家庭，成为一名合格的母亲。亲爱的宝贝，我还没有拥有你，但是我想给你写一封信。

也许这个名字对你来说很陌生，"2019 新型冠状病毒"（2019-nCoV），你可以从网上搜索一下相关的文章。不过作为在一线抗击病毒的切身经历者，妈妈要记录这一段时间以来我的经历和感受，等我的宝贝来到这个世界，又能明白很多事情的时候再拿出来与你共勉，希望我可以成为你心中的榜样。

做一个有使命感的人，让生命多一些厚度。

2020 年新年伊始，就注定了这是一个将被载入人类史册的年度，新型冠状病毒如洪水猛兽般袭击了武汉，在这个英雄的城市肆虐，新冠疫情暴发，紧接着疫情蔓延至全国各地，很多人因为感染病毒而被隔离，甚至与亲人永别。为应对汹涌的疫情，国家决定对

武汉进行封城，这是人类历史上第一次封锁一座千万人口级别的城市。然而这样的措施也未能立即阻止疫情的扩散，感染病毒的人数仍在不断地上升，武汉的老百姓面临着丧失生命的危险，武汉的医护人员也身处险境。武汉在告急，十万火急，此时国家号召全国各地的医护人员支援武汉。大年初二我还在上班，当天接到医院的通知，希望医护人员自愿报名，妈妈义无反顾地报了名，初三就立即随团队一起动身前往武汉，成为人们口中的"最美逆行者"。

妈妈是一名护士，救死扶伤是我的使命，医院是我的战场，病魔是我的敌人，国难当头，匹夫有责，作为护士的我不上，谁上？2003年也发生了类似的事，叫作非典型性肺炎的传染病暴发，当时的妈妈是被守护的对象。17年后的今天，新型冠状病毒来袭，当由我来守护他人。因为妈妈知道，人生中，无论充当什么样的角色，都要有使命感，做事尽职尽责，即使只是汪洋大海中的一滴水，也要努力泛起一朵美丽的浪花。

爱无处不在，爱能战胜一切。

在医院里，处处都可能有病毒，即使是专业的医护人员，也随时存在着被病毒乘虚而入的风险。说真心话，妈妈也会害怕，会因为体温的升高而焦虑，会担心免疫力下降而喝着难以下咽的中药。为预防这种风险，在病房里，妈妈要穿着厚重的防护服连续工作超过6个小时，这期间不能吃饭、不能喝水，也不能上厕所，护目镜上的水汽会模糊视线，厚厚的口罩会使呼吸不畅，氧饱和降低，戴着3层无菌手套也会影响操作的手感……可是，我从未想过要逃避，因为妈妈知道，不管遇到什么样的困难，都要坦然地去面对，不能逃避现实，如果逃避，逃到最后，只会无路可逃，所以只有迎难而上，战胜困难，才会迎来曙光。我所在的病房，医护人员与患者相处得很好，患者会体谅医护人员的辛苦付出，医护人员也会给患者各种鼓励，医患共同抗击疫情。每当看到患者因为我们的治疗和护理病情好转了甚至出院时，听到他们开心的笑声和感谢的话语，所有的困难也就忘却了，深以为所有的付出都是值得的，也享受这种被人需要的感觉，享受这种战胜病魔的成就感。我想这就是爱吧，愿我们都是温暖有爱的人，因为爱比病毒传播得更快、因为爱让寒冷的人感到温暖，因为爱让绝望的人看到希望。

独立思考，不要人云亦云。

随着疫情的蔓延，网络上出现了诸多谣言。谣言容易蒙蔽他人，使一些人盲目跟风，不仅造成了老百姓对疫情的恐慌，甚至扰乱了公共秩序，也增加了防疫工作的压力。面对铺天盖地的流言，虽然很难去分辨，也很难去改变这种传谣的环境，但我们可以改变自己，做一个有知识、懂得独立思考的人，面对谣言，慎思之、明辨之、不信谣、不传谣、笃行之。

我最亲爱的宝贝，以上，是我2020年初就想与你分享的故事。

鲁迅说："自古以来，我们就有埋头苦干的人，有拼命硬干的人，有为民请命的人，有舍身求法的人，这就是中国人的脊梁。"

尼古拉·奥斯特洛夫斯基说："一个人的生命是应该这样度过的：当他回首往事的时候，不因虚度年华而悔恨，也不因碌碌无为而羞耻。这样在临死的时候，他才能够说：'我的生命和全部的经历都献给世界上最壮丽的事业——为人类的解放而斗争。'"

毛主席向全国人民说："一个人能力有大小，但只要有这点精神，就是一个高尚的人，一个纯粹的人，一个有道德的人，一个脱离了低级趣味的人，一个有益于人民的人。"

你会选择做什么样的人？过什么样的人生呢？

致吾爱，望安！

妈妈：吴盼盼

2020 年 2 月 25 日

【家书背后】

在武汉战"疫"前线，有不少白衣天使用最传统的书信写下了对亲人、爱

北京中医药大学东直门医院国家援鄂中医医疗队

人及朋友的牵挂与思念……其中，有一封信很特别，收信人是一个未来的孩子。写信人是北京中医药大学东直门医院的护士吴盼盼。作为援助武汉中医"国家队"队员，这个年仅27岁的未婚单身姑娘，怎么会想到写信给自己未来的孩子呢?

原来，写信当天，重症病房里一位护理姐妹被确诊感染了，吴盼盼心里很难过。一直以来，她都憧憬着能有一个幸福的小家庭，一个可爱的宝贝。然而，在残酷的疫情面前，这些美好显得有些遥不可及。她拿起笔，想要记录一些东西，留给未来的孩子，更希望自己能成为孩子心中的榜样。[1]

"妈妈是一名护士，救死扶伤是我的使命，医院是我的战场，病魔是我的敌人……在医院里，处处都可能有病毒，即使是专业的医护人员，也随时存在着被病毒乘虚而入的风险。说真心话，妈妈也会害怕……可是，我从未想过要逃避……只有战胜困难，才会迎来曙光。"信中，她向孩子介绍了正在肆虐的新冠病毒，以及医护人员的最美逆行，讲述了自己在一线的护理工作和无处不在的爱，因为"爱比病毒传播得更快"。

吴盼盼说，作为国家第二批援鄂中医医疗队成员，东直门医院的护理人员发挥自身优势，运用中医药系统理论针对不同患者的临床症状，进行辨证施

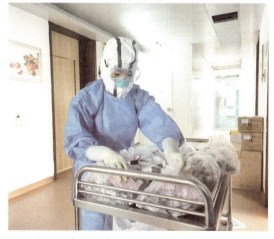
吴盼盼在湖北中西医结合医院病房发中药

吴盼盼在工作区留影

---

① 刘欢.写给未来宝贝的一封信.北京晚报，2020-03-12.

吴盼盼给未来孩子的信

护，运用穴位按摩、耳穴压丸、电蜡疗、乐眠操、十八段锦等中医特色护理技术，助力患者康复。"做完很舒服，感觉有劲了"，"做完整个人都精神了"，"做完睡眠改善了好多"，"咳嗽缓解了不少"，"感觉全身蛮暖和的，手脚不凉了"……兴奋的话语中流露出康复患者激动的心情，这是患者对护理人员和中医护理技术的莫大肯定。

# 月光来了，思念收到了

——中国医科大学附属第一医院援鄂医疗队医生
刘璠与妻子朱然互通家书

朱然：

一别十余天，今日格外思念。

2月的武汉还是有些清冷。知道你一直在辽宁抗疫的前线坚守，知道辽宁目前唯一的危重症新冠肺炎病人由你们团队负责，这副担子的重量我感同身受。

我最不放心的是儿子。咱们俩都顾不上他。爷爷奶奶能照顾好他的生活，但学习上会不会落下呢？平时工作忙就陪他少，现在更不能在他身边。我不是一个合格的爸爸！

我这里有50名新冠肺炎患者，都是重型和危重型患者。整个医疗队都在拼都在搏。不拼不行啊，这些病人有的全家病倒了，有的已经失去了不止一位家人，而他们自己也在死亡线上挣扎，我们一定把他们治好救活。我们防护条件很到位，你就放心吧。

告诉你一个好消息，在来到武汉参加抗疫战斗后不久我就递交了入党申请书。我切身体会到正是在中国共产党领导下我们国富民强了，才有了战胜这场疫情的物质基础，只有在中国共产党领导下政府和人民团结一心才能战胜疫情。而且在抗疫战斗的过程中党员同志们勇于奉献，敢打敢拼的作风也时时刻刻感动着我，鼓舞着我。我无比渴望加入中国共产党这个先进的群体，成为其中的一员，并为之奋斗终生。

月光更亮了，应该是把思念传递过去了。

刘璠

2020 年 2 月 26 日于武汉

刘璠：

月光来了，思念收到了。

我在这里一切安好。团队非常给力，患者的病情稳定住了，还需要进一步的观察和治疗，还有很多工作要做。这几天我又读了几篇最新发表的关于新冠肺炎的国内外论文，和国内重症医学科多名专家在线上交流了很多次，对于新冠肺炎这个疾病又有了更多的认识。我这里病例少，你那里病人多，重症病例更多，咱俩应该多交流交流病人的情况和你们诊疗的经验，对彼此都会有裨益的。

我也想儿子了。咱俩都不在家，辛苦爷爷奶奶啦。假期他一直在线上上课，都是自己下载 App，自己调试成功的。你是个好爸爸！

你要照顾好自己。这么多年来，你一忙起来就顾不上吃饭，胃病是怎么得的？你要注意增减衣服，顾不上洗的就带回来吧。

你能递交入党申请书，真好！目前新冠肺炎已经成为世界性的灾难。对比国内国外，更令人坚信中国共产党的先进性和制度的优越性。你以后要多向我这名老党员靠拢，多向我这名老党员学习和汇报啊。

武汉、辽宁共享一轮明月。

朱　然

2020 年 2 月 27 日于辽宁朝阳

**【家书背后】**

中国医科大学附属第一医院呼吸与危重症科副主任医师刘璠，与该院重症医学科医生朱然，既是夫妻，也是抗击新冠肺炎疫情的战友。他们相隔 1 800 公里分守湖北、辽宁抗疫一线，寥寥数语的家书情真意切。

2020 年 2 月 9 日下午，在沈阳桃仙国际机场，刘璠与妻子朱然话别："多保重，我和你在一起。"作为医院重症医学科的技术骨干，那天，朱然刚刚成功救治一位新冠肺炎危重症患者。

2月11日，中国医科大学附属第一医院医疗队正式接手武汉协和医院西院13楼东病区的50名重症患者。刘璠和团队分管其中的25名。面对新任务、新挑战，刘璠所在团队在实践中学习、总结、调整，根据医院实际情况制定一系列工作规程和预案，同时快速整理出患者的病情特点，依据国家新冠肺炎指南对他们进行评估，并制定治疗方案。

刘璠、朱然与儿子

"每天的工作就像打仗，"刘璠说，"一进隔离舱至少要工作6个小时，出来后不能返回住地，得整理病情资料，开疑难病例讨论会，与后方开展远程会诊。一天下来工作在12个小时以上。"①

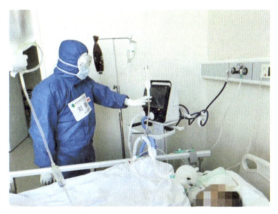

刘璠在武汉协和医院工作中

在沈阳，朱然作为第一临床学院重症医学科病房主任、ECMO小组组长，带领团队顺利完成沈阳市重症新冠肺炎集中救治中心一例危重型新冠肺炎病人的ECMO救治工作后，奔赴朝阳市，顺利为第二例患者进行ECMO治疗，并坚守在朝阳担负起对这名患者的诊疗重任。

夫妻二人同为白衣战士，共同践行着医者大爱的职责和使命。2012年8月至2014年1月，在朱然支持下，作为辽宁省委组织部选派的第一届第二批援疆干部技术人才，刘璠进驻新疆塔城地区人民医院。2020年刘璠作为第一

---

① 侯永锋，姜义双，杨靖岫. "有你们在，我就不怕了！". 辽宁日报，2020-02-29.

临床学院新冠肺炎医疗救治专家组成员担负着发热门诊和隔离病房的患者诊治工作。他第一时间报名参加辽宁省第六批援鄂医疗队，近50天里，医疗队累计救治重症和危重症新冠肺炎患者近百名。在武汉，刘璠递交了入党申请书。

朱然疫情期间工作照

　　5月15日国际家庭日，全国妇联举办了"最美我的家，抗疫'家'力量"全国抗疫最美家庭云发布活动，表彰了660户全国抗疫最美家庭，刘璠和朱然家庭获此殊荣。

# 孩子，为妈妈祝福吧，
# 我一定会保护好自己，保护好你们

——甘肃省肿瘤医院援鄂医疗队护士周馨瑜与儿子互通家书

柄坤：

一切都好吗？

妈妈想你了。

此刻的你，一定还在灯下做功课吧？有没有紧锁眉头，为一道难题咬着笔尖？会不会遇到了喜欢的诗词，嘴角扬起一抹笑意？是不是有点困了，微眯着眼睛，搓搓手指，伸伸懒腰，继续奋笔疾书？

妈妈很想和以往一样，悄悄走到你的身边，在你的书桌上放杯温热的牛奶。然后轻轻离开，看一眼你伏案的背影，关上房间的门。在安安稳稳的笃定里为你祝福。

今年六月，你将参加中考。无数个夜晚，伴着"滴答，滴答"的钟声，我们一起为明天努力着，向着梦想一点点地走近。

但是现在，妈妈只能遥遥寄去我的目光。柄坤，你感觉到了吗？妈妈留给你的语音，你还没有回复呢，真想听听你的声音啊！

妈妈是甘肃省第一批支援武汉的医疗队成员。正月初四从兰州出发，初五立即投入到武汉市中心医院的抗疫工作中。至今，已整整一个月了。

孩子，请不要责怪妈妈一直瞒着你。

寒假你回到了爷爷奶奶身边。奶奶体弱，爷爷高龄，妈妈如何忍心让他们为我担忧？甚至你的爸爸，也是在妈妈报名之后，才得知我即将奔赴武汉。临别之际，妈妈望着送行的人群，含泪毅然转身。我知道，身后有你们无限的牵挂和叮咛，只怕泪水悄然滑落。孩子，为妈妈祝福吧，我一定会保护好自己，保护好你们！

孩子，20分钟，你会想些什么呢？

从医院通知到报名结束，只用了短短20分钟。妈妈所在的科室，有3个名额，妈妈第一个报了名。当时，妈妈似乎什么都没想。妈妈是一名经验丰富的护士，是麻醉手术科的护士长，更是一名有17年党龄的共产党员。面对国家召唤，面对同胞受难，面对疫情肆虐，妈妈心里只有四个字：义不容辞。

妈妈是千千万万个"逆行者"之一。蒙曼老师说，"逆行者"是"逆"私情，"行"公益。对妈妈而言，我"行"的更是一份责任。孩子，男儿当自强，你的双肩有使命有担当。漫长人生路，中考，只是沧海一粟，你会在危机之时，明白何为抉择，何为果敢。

孩子，请原谅妈妈没有考虑你的感受。你的恐惧，你的担心，你的纠结，你的不舍……可是妈妈坚信，你一定会支持妈妈的决定。妈妈出生在医者之家，救死扶伤，这是流淌在妈妈血液中的良知；"健康所系，性命相托"，耳边萦绕的铮铮誓言，那是留在妈妈心底的烙印。而我的孩子，你的眉宇之间，有抹不去的善良与坚强，那是我们母子共守的秘密，共存的密码。

孩子，妈妈也会害怕。走进病区前，妈妈不是不怕。不吃不喝不上厕所，连续工作七八个小时，对多年在手术室工作的妈妈来说，已是日常。但是面对新冠病毒的来势汹汹，即便身经百战，还是心存畏惧。

初到武汉的那几天，面对不熟悉医院环境和重症患者较多等诸多挑战，我们边学习边熟悉环境边开展工作，我们不敢有丝毫的懈怠。妈妈和同事身穿厚重的防护服，在病区为患者做治疗护理时，内心都如履薄冰，生怕出现任何差错，尤其是护目镜水雾造成视物模糊，我们反复核对，给患者做好解释。妈妈也曾紧张到一边穿着厚厚的防护服，一边暗暗给自己打气：没事儿的～没事儿的！加油！然后深深吸口气，迈开脚步，踏进病房。

可在见到病人的那一瞬间，所有的顾虑全都抛在身后了。我的眼里只有他们的痛，他们的苦。

看到患者坐在床头叹息，感受到她的迷茫和害怕，妈妈不觉间红了眼睛……那位长者，像个恐惧的孩子一般，流着眼泪，无声地求助，妈妈的心猛地一缩，紧成一团，却笑着宽慰他："别担心，一切都会好起来的！相信我们！"

我只愿竭尽所能，减轻他们经受的折磨。输液、发药、记录、测体温、做雾化……我们穿行在各个病房，顾不上休息，争分夺秒，只为从死神手中抢回更多希望。

我无法眼睁睁地看着一个鲜活的生命溘然长逝。患者们渴盼的眼神、感动的泪水、坚韧的精神、顽强的意志深深感染着妈妈。我们之间的信任，还有相互体谅、相互保护的真情，就这样温暖地传递着。

孩子，妈妈现在一切都好。在武汉，我们身影忙碌，脚步沉重。脱下防护服后，彼此露出憔悴的欣慰，疲惫的微笑，握紧拳头，相互鼓励支持。

身边的同事们，有伟岸背后的汗珠，娇美里面的泪水，脆弱中的坚强，柔弱里的勇敢，还有一根稻草都能将你压倒时的坚持……

妈妈不是一个人在战斗，每一个战位都有坚定的身躯。李文亮医生，以他34岁的勇气，发出让这个世界清醒的呐喊；钟南山院士，以84岁的威重，发出让人民转身的口令，然后引领我们奋然前行。

这是一群人的战斗，一家人的战斗，是一座城市的战斗，一个国家的战斗。亿万颗爱心隔空相助如潮如涌。这座城里所有的人，依然在投入而生动地生活，将所遇万物打磨出微光。他们都是我愿用生命与之亲近的兄弟姐妹。

请你放心，孩子，报一声平安给家人。有祖国，有人民做我们强大的后盾，妈妈一切安好。

孩子，等妈妈平安回家。春醒如约。每一棵孱弱的小草都会被春风轻拂，每一缕纤弱的游丝都会被阳光照耀。每一个羸弱的生命都会被扶起，每一声微弱的气息都会被听到。春暖花开，祖国山河依然如画。

到那时，你和爸爸一定会拿起心爱的相机，去捕捉万物的勃然生机。大家镜头里的武汉，一定如歌中所唱：

古琴在此黄鹤在此

长江在此珞珈在此

你我在此

万年同呼吸

此时风起是知音

一抹笑泛起千万双涟漪

楚字里天生人字的笔迹

那天那地在此

寂静一如初起……

你会和爸爸并肩等我，在草长莺飞的季节里，是吗？你会给妈妈一个暖暖的拥抱，还是重重的一拳？你会竖起骄傲的大拇指，举起相机，留下妈妈灿若春花的笑，对吗？

晚安，孩子。

今夜，妈妈在他乡守护着你。我知道，在不远的未来，你将守护妈妈，守护我们的家，守护我们的国，守护这方生生不息、我们深爱着的土地。凝望她历经磨难，傲然屹立，含泪微笑。

亲爱的孩子，你已长大，妈妈无须多言。

你，都懂。

爱你的妈妈

2020 年 2 月 26 日夜

亲爱的妈妈：

寒假，我回到西安爷爷奶奶身边，期盼着春节咱们全家能够像往常一样团聚。然而事与愿违，爸爸回到西安时，我没有见到您亲切的身影。奶奶一再追问，从不撒谎的爸爸眼神躲闪，总是重复着："医院值班，节后回来看您。"我和小妹隐隐约约能够感受到些许的不自然，但也说不出什么，因为以往的春节您也会因为值班而错过与我们团聚。

亲爱的妈妈，您写给我的信我已收到，我真的不知道自己能有如此的勇气将它读完。字里行间，白纸黑字，拥有5.2视力的我，第一次体会到近视的感觉，时而清晰，时而模糊……"柄坤，一切都好吗？妈妈想你了"，这样的开头，在疫情肆虐的时刻，我似乎有了"不祥之感"，果真，您瞒着全家，义无反顾地去了武汉。

"今年六月，你将参加中考。无数个夜晚，伴着'滴答，滴答'的钟声，我们一起为明天努力着，向着梦想一点点地走近。但是现在，妈妈只能遥遥寄去我的目光。"妈妈，我在努力，但此时，再简单的题目我也无法解开，内心的恐惧、担忧盈满心头……

"妈妈是甘肃省第一批支援武汉的医疗队成员。""至今，已整整一个月了。孩子，请不要责怪妈妈一直瞒着你。寒假你回到了爷爷奶奶身边。奶奶体弱，爷爷高龄，妈妈如何忍心让他们为我担忧？""孩子，妈妈也会害怕。走进病区前，妈妈不是不怕。""妈妈也曾紧张到一边穿着厚厚的防护服，一边暗暗给自己打气：没事儿的～没事儿的！加油！然后深深吸口气，迈开脚步，踏进病房。"妈妈，我责怪您，因为我长大了。我可以想象，在您奔赴武汉一线的时候，我没能去送您；当您鼓足勇气面对病患时我们没能给您加油打气。这些，您让我多么自责和懊悔……

"妈妈是千千万万个'逆行者'之一。蒙曼老师说，'逆行者'是'逆'私情，'行'公益。对妈妈而言，我'行'的更是一份责任。孩子，男儿当自强，你的双肩有使命有担当。漫长人生路，中考，只是沧海一粟，你会在危机之时，明白何为抉择，何为果敢。"曾几何时，中考对于我的压力何其大，您和爸爸的"喋喋不休"，如今显得弥足珍贵。如果，此刻，您守在我的书桌旁，我会更加努力！更加珍惜！

"孩子，妈妈现在一切都好。在武汉，我们身影忙碌，脚步沉重。脱下防护服后，彼此露出憔悴的欣慰，疲惫的微笑，握紧拳头，相互鼓励支持……这是一家人的战斗，是一座城市的战斗，一个国家的战斗……"信读到此刻，我内心似有熊熊烈火，担忧与恐惧有所缓解。妈妈，您给家人报的一声平安，多么及时与珍贵，我不再向您和爸爸索要任何礼物，这一声"平安"是多么的珍贵，珍贵得让我拿心去接受。

时至今日，春节已过，奶奶仍然不知道您去了武汉，如今还未归来……我等您，等妈妈平安回家。春醒如约时，我和爸爸会给您一个暖暖的拥抱！小妹会竖起骄傲的大拇指为您点赞。那时，我们再将咱们的秘密告诉爷爷和奶奶，他们吃惊的表情，赞许的目光，会成为咱们"守口如瓶"的骄傲！

深夜悄然而至，静默一如初起。此刻仍是思绪万千，窗外的星星显得格外闪亮，我对着星空轻声地说："妈妈，懂您，我想您……"

永远爱您的柄坤

2020 年 3 月 1 日夜

【家书背后】

周馨瑜，甘肃省肿瘤医院麻醉手术科护士长、主管护师，中共党员。作为甘肃省首批援鄂医疗队队员，她从 2020 年 1 月 28 日至 3 月 21 日先后在华中科技大学同济医院和武汉市中心医院后湖院区发热十六、十九病区支援。

1 月 28 日，甘肃省首批援鄂医疗队共 137 名医护人员出征仪式

周馨瑜在工作中

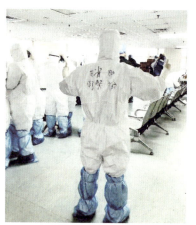

周馨瑜穿好防护服

2月26日夜，来到武汉战"疫"一线整整一个月了，周馨瑜给即将参加中考的儿子写下一封家书。这封家书长达2 000余字，文采斐然，情感深挚，把对儿子的思念与爱倾注于笔端，展示了一位逆行者在灾难面前的心路历程，彰显了白衣天使的职责使命，表达了对战胜疫情的坚定信心。

周馨瑜的儿子柄坤在读到这封家书后，给妈妈写了回信。这封回信同样令人感动，一位十几岁的中学生从妈妈的来信中读懂了爱与责任，明白了家与国，收获了成长。母子相互鼓励，共同守护，等待凯旋。

正如周馨瑜所说："春醒如约。每一棵孱弱的小草都会被春风轻拂，每一缕纤弱的游丝都会被阳光照耀。每一个赢弱的生命都会被扶起，每一声微弱的气息都会被听到。春暖花开，祖国山河依然如画。""白衣执甲，大爱无疆，此生无悔我的选择。"

周馨瑜和儿子柄坤

# 想告诉你们，我很坚强也很勇敢

——北京中医医院援鄂中医医疗队护士王天骄致父母

亲爱的老爸老妈：

这些日子以来，我总是提起笔来又放下，心中纠结万分，感慨万分，但又不知道怎么说，才能让你们知道：我过得很好，勿念。终于下定决心，写这一封家书。

算算日子，不知不觉我已经来武汉35天了……我很乖，每天都按照你们的叮嘱，多吃多睡，不挑食，多吃青菜、水果，多喝奶，利用休息时间多睡觉。虽然在你们心中，我还是一个小孩子，可现实却告诉我，我已26岁了，早已到了担负起成年人的社会责任的时候了。疫情当前，救死扶伤是医护人员的责任和使命，所以我义无反顾地报名了。报名的时候没和你们商量，我很抱歉。但看到你们那么支持我，我又很欣慰。

在忙碌的隔离病房，每天面对生与死的较量，我有时也会很疲惫，也会心力交瘁，但每每回到酒店看到我们这个朝气蓬勃、并肩战斗的大家庭，心里又充满了力量。在中医院这个大家庭里有每天给我煮牛奶的海楠师傅，有在生活工作上给予我无限关心帮助的关老师，有给我鼓励和肯定的陈老师，还有经常帮我答疑解惑的腾飞大夫。妈妈你知道么,住在我隔壁的芳芳老师不但温暖爱笑还会经常帮我打饭,可爱的胡薇老师会经常用零食来投喂我,还有在夜班时会贴心准备热水的蔡老师,听了这些你是不是放心了许多呢?

想告诉你们,我很坚强也很勇敢,没有给家里人丢脸。我很坚强,哪怕隔离服下的鞋子在淌水,我依然能认真顺利地完成操作;我很勤奋,每天发饭、打水、量体温、测血氧,只要有需要,我都能稳稳 hold 住;我很专业,我正在用我所学技能和知识为病人减轻痛苦,也得到了他们的认可;当然我也很勇敢,我用防护隔离做好了最妥当坚实的铠甲,然后全身心投入战"疫"。相信我!战场上有千千万万个这样的"我"在一起努力,胜利真的不会远了。

其实不仅你们会担心我,从没离开家这么久的我也会担心你们。妈妈,有高血压的你不要忘了每天监测血压;爸爸,给你买的戒烟糖一定要吃,赶紧把烟戒了吧,钓鱼爱好也先放一放吧;姐姐,别天天总压迫姐夫学习了,温柔一点吧;姥姥,你的手不方便,食物和蔬菜不够的时候一定要说;还有我爱哭的小姨,放宽心,宝贝一定会平安回来去找你闹腾的。

虽然胜利就在前方,身在北京的你们一定不能松懈。疫情期间一定少出门,但凡出门必须戴好口罩,回家一定先洗手。保护好自己就是不给别人添乱,保护好你们自己,就是做我最安定的大后方。你们都好好的,我才能更加心无旁骛地去和新冠肺炎一战到底!

别担心,别害怕,我在武汉很好,我们的队伍很温暖也很英勇。待平安归来时你们会看到一个更成熟、更勇敢也更可爱的我。千言

万语诉不尽，相信我，我们会胜利，也会平安；我一切安好，勿念，爱你们呦～

王天骄

2020 年 3 月 1 日

## 【家书背后】

王天骄，1993 年出生，首都医科大学附属北京中医医院呼吸科护师，具有 ICU 专科护士资格认证，北京市第一批援鄂中医医疗队队员。温暖的微笑，扎实的护理操作和专业上的不懈追求，是同事们对这个"90 后"小护士最深的印象。在抗击新冠肺炎疫情战场上，王天骄收获了成长。

从第一次进入武汉协和医院西院隔离病房时的小心、紧张，到后来身着笨

王天骄在病区

王天骄在工作中

重的防护服也能快速穿梭在各个病房，熟练地进行护理操作，王天骄成长了许多。每个班6名护士，要负责48个病人，其中还有不少病危和病重患者，工作强度非常大。厚重的防护装备加上过快的动作，时常让她感觉缺氧、恶心和头昏……每每这时，病人一句"辛苦了！"又给了她坚持下去的力量。从黄昏到午夜，每到下班，她几乎都瘫在椅子上，还得咬着牙起身做清洁，因为她知道：保护好自己，才能更好地去战斗。

　　将中医护理经验灵活运用于新冠肺炎患者护理工作中，是王天骄最有成就感的一件事。沈阿姨是王天骄接手的第一个好转出院的病人。入院后沈阿姨一直咳痰困难，多年呼吸科工作经验和ICU认证学习让王天骄意识到，如果阿姨咳痰情况不缓解，将会影响接下来的治疗效果。于是教阿姨如何进行有效咳嗽提上了王天骄的护理日程。一段时间的治疗及护理，阿姨的情况有所好转。出院前王天骄又教会了沈阿姨缩唇腹式呼吸和呼吸操，用来治愈后进行肺功能的锻炼。①

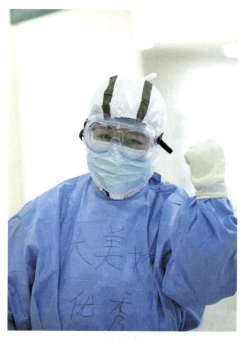

王天骄

　　每个患者和医护人员背后都有一个普通的家庭，在新冠肺炎面前，恐惧和无助是正常的。王天骄说，身为医护人员就是要将这种恐惧和无助转化成力量，给想要守护的人以温暖和希望。一次查房过程中，细心的王天骄发现李阿姨时常忧郁哭泣。一番交谈后得知，李阿姨刚做完子宫全切除手术不久，又感染了新冠病毒，内心绝望恐惧。为了让李阿姨敞开心扉，王天骄一遍一遍帮李阿姨擦掉眼泪，像家人一样不断劝慰、鼓励，引导她正确看待病情。两周后，李阿姨重新

---

　　① 【抗疫群星】天骄战"疫"成长记——记北京中医医院援鄂医疗队护师王天骄. 北京中医医院官网，(2020-04-03). https://www.bjzhongyi.com/gzb_yyxw_detail/6972.html.

王天骄家书

振作，积极配合治疗的样子，让来武汉支援了一个多月的王天骄觉得自己的付出有了回报。①

在家里，王天骄是亲人们宠爱、牵挂的孩子。身在战场，她心里同样惦记着每一位亲人。在家书中，她细心叮嘱着那些她深爱着的人，告诉他们："我很坚强也很勇敢……"

---

① 【抗疫群星】天骄战"疫"成长记——记北京中医医院援鄂医疗队护师王天骄. 北京中医医院官网，(2020-04-03). https://www.bjzhongyi.com/gzb_yyxw_detail/6972.html.

# 愿你长成为勇敢而有担当的人

——北京清华长庚医院援鄂医疗队护士刘淑珍致女儿

亲爱的宝贝：

妈妈想你啦！转眼间，到今天，妈妈来武汉第 40 天，与你分开第 53 天，你从来没有离开妈妈这么久，妈妈真的好想你！这是你长这么大以来，妈妈第一次给你写信。这封信妈妈会一直留着，希望等你长大认识字了，能自己读出这封信时，它能给你带来更多的快乐与自信，更多的帮助与鼓励，也能让你理解妈妈的这一次缺席。

你一定很好奇，为什么年前送你回老家，爸爸妈妈却没有回来陪你过年？懵懂的你也许从外公外婆口中听到了一个叫"新型冠状病毒"的坏蛋，它在欺负其他的小朋友，还伤害了许多哥哥姐姐、叔叔阿姨、爷爷奶奶。妈妈接到要去支援抗疫一线的通知时，内心最放心不下的就是你，其实妈妈当时内心也很忐忑，不敢告诉你。没想到在一次视频中，你突然问我："妈妈，你那的病毒还多吗？"这一刻，我忽然觉得你比我想象中的要勇敢、要坚强。

有时通过视频，你会跟我说："妈妈，今天我自己起床穿衣服的，没有让外婆帮忙""妈妈，今天我帮外婆做家务啦""妈妈，今天我只看了20分钟手机，我乖不？"……原来担心你在老家会不会跟往年一样水土不服、会不会抱着手机不放、会不会不听外公外婆的话，看到你如此乖巧听话，妈妈的心就踏实了。

疫情就是命令。妈妈是一名医务工作者，在国家和人民需要我的时候，我就应该挺身而出，抗击疫情，永不退缩，履行一名医务工作者的职责和使命。救死扶伤是妈妈的职责，所以妈妈只能用实际行动到战"疫"最激烈、最危险的战场，换另一种方式守护你，守护我们共同的家，努力让更多人享受一家团圆。也许，等你长大了，你会为妈妈感到自豪。

妈妈现在在这里一切安好，防护做得很到位，越来越多的病人在妈妈和其他叔叔阿姨的照顾下已经出院。妈妈相信，在大家的共同努力下，很快就能回到你身边，亲你、抱你、接你回家啦。

还记得昨天跟你视频时，你给我背诵爸爸教的《黄鹤楼送孟浩然之广陵》，你突然问我："黄鹤楼是谁？它在哪儿？"它啊，它就在妈妈此刻奋战的城市啊，距离妈妈支援的医院才10公里远，但妈妈也还没有去看过它。你说："妈妈，等你回来了能带我去看看吗？"

宝贝，你放心，你我相见之时，一定不远。妈妈答应你，等妈妈和其他的叔叔阿姨把病毒消灭了，再来武汉时，一定带上你，我们一起好好看看这座美丽的城市！看看诗歌中的黄鹤楼。

宝贝，夜已经深了，之后会是一个很灿烂的黎明。就像对于你的未来，妈妈有太多太多的期许，妈妈希望自己成为你心中勇敢而有担当的榜样，愿你长成为勇敢而有担当的人！

永远爱你的妈妈

2020.3.6

## 【家书背后】

刘淑珍，清华大学附属北京清华长庚医院重症医学科护士长，中共党员。2020 年 1 月 25 日大年初一，刘淑珍还在重症监护室上班，初二接到支援武汉的要求，没想到不到 24 小时，出发的通知就来了。刘淑珍很庆幸春节前就把女儿送回了老家，但对于又一次缺席春节的团圆饭，她有些愧疚。

北京清华长庚医院援鄂医疗队集结出发

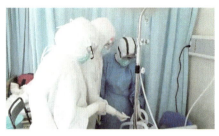

刘淑珍（右）为队员示范高流量鼻塞的
使用

刘淑珍在隔离区更新白板动态

刘淑珍（右）与队友进行药品的双人核对

刘淑珍在隔离区

　　出征前，刘淑珍唯一瞒着的，是自己4岁多的女儿。"没敢告诉她妈妈可能要离开很久，因为她还太小，很多事她还不懂……"最近，懵懂的女儿终于从外公外婆口中得知，这么久见不到妈妈，是因为一个叫"新型冠状病毒"的坏蛋在欺负人。视频时，女儿第一次给刘淑珍背诵了爸爸教她的《黄鹤楼送孟浩然之广陵》。"妈妈，黄鹤楼是谁？它在哪儿？"女儿天真地问。"它啊，它就在妈妈此刻奋战的城市啊，距离妈妈支援的医院才10公里远，但妈妈也还没有去看过它。"刘淑珍说。"妈妈，等你回来了能带我去看看吗？"就这样，母女俩有了一个关于黄鹤楼的甜蜜约定。[①]

　　1月30日，北京市援鄂医疗队队员们开始陆续进入隔离区工作。万事开头难，作为护士长，刘淑珍说自己得先吃"螃蟹"，为后续的队员们趟出路子。下午3点，她与4位同事一道首次进入隔离区，映入眼帘的是一片忙碌的景象，一切既是那么陌生，又是那么熟悉。作为护士长，她来不及做太多的思考，迅

---

　　① 刘欢.她和女儿有个黄鹤楼之约.北京晚报，2020-03-21.

刘淑珍家书

速向武汉协和医院西院护士了解病房动态、工作环境、工作流程等，将人员进行分组，并指导大家进行后续护理工作的开展。

在护理组中，刘淑珍不是最年长的，却常常像大姐一样不停地叮嘱大家。逐一检查队员们穿防护服的情况，发现有不严实的地方及时予以补救；在隔离区不断互相提醒队员勤洗手，不要习惯性用手触碰自己的面部区域；离开隔离病房时，叮嘱队员们小心谨慎，不慌不乱，互相监督严格按照步骤一层一层脱，以确保万无一失。"大家只有做好了自己的防护，才有能力救治更多的患者。"刘淑珍说。[①]

"有你在，感觉心里很踏实。"这是一起搭班的护士对刘淑珍的评价。在抢救过程中，"面对突发情况要时刻保持沉着冷静，面对有限的条件积极创造条件"。在一次临时党支部的会议上，作为宣传委员的刘淑珍对护士们说。

到达武汉战"疫"第40天，刘淑珍终于抽出时间给女儿写了一封家书，她告诉女儿："宝贝，你放心，你我相见之时，一定不远。妈妈答应你，等妈妈和其他的叔叔阿姨把病毒消灭了，再来武汉时，一定带上你，我们一起好好看看这座美丽的城市！看看诗歌中的黄鹤楼。"

---

① 韩冬野.【"疫"线人物】刘淑珍：情满黄鹤楼之约.清华大学附属北京清华长庚医院官方公众号，2020-04-13.

# 你们得为妈妈此时此刻能为祖国出一份力而骄傲

——北京友谊医院援鄂医疗队护士张微微致儿女

我亲爱的孩子们：

　　妈妈已经在武汉工作一个多月了。走的那天很匆忙，都没来得及跟你们说声再见。妈妈平时也经常是说走就走，有时候回家太晚，你们已经睡了，几天见不到我也是常事。说实话，妈妈不太担心你们会不习惯我不在家，独立是所有医护人员的子女都需具备的基本素质，你们也不例外，你们都早早地学会了本不应该在这个年龄掌握的"本事"。这次妈妈走的时间可能会长一些，但无论是多长时间，你们都要记得妈妈非常非常爱你们，你们是我的骄傲！

　　儿子，你马上快 10 岁了。你一直最让爸爸妈妈操心，总是搞破坏，而且破坏力惊人。还记得你 5 岁的时候把人家专卖店的飞马砸坏了，妈妈被警察叔叔带到派出所吗？你一直都很淡定，直到看到我得跟警察叔叔走的时候你吓哭了。我很感动，我能感受到你对我的爱。那次我和警察叔叔是想让你知道破坏别人东西是一件非常严重的事情，希望你能认识到自己的错误，也是想好好给你上一课。可是后来发现我可能还是太操之过急了，因为收效甚微，你依然是爸爸口中的比克大魔王。

现在想想，妈妈得跟你道歉，无论如何我不应该利用你对我的爱。你还那么小，探索世界是小孩子的天性，是妈妈没有做好引导。妈妈现在还很后悔在你不好好写作业的时候吼你，甚至打你。等妈妈回去，妈妈一定换一种方式跟你相处，一定让你的记忆里都是和妈妈在一起的美好画面，等着妈妈！但是妈妈也对你有一些希望，你现在是个小男子汉了，你要帮助爸爸照顾好家里每个人，尤其是爷爷奶奶。爸爸不在家的时候你可就是顶梁柱啦，爷爷奶奶年纪大了，不能让他们着急，你要学会照顾他们，帮着他们做做家务，还有你要是认为这件事会让爷爷奶奶发怒，那我建议就先不要干了！

女儿，你也快 4 岁了，感谢你来到这个世界上。我的女儿，你是我们的小天使，每次看到妈妈回来你都会给我一个大大的拥抱，然后高呼着"妈妈回来啦，妈妈我想你，妈妈我爱你！"，然后就跟发现新大陆似的通知每个人："快来看，我妈妈回来了！"那时候，真的是可以将一切烦恼抛诸脑后。

妈妈平时陪你的时间太少了，你好像从一个半臂长的小家伙一下子就长大了，你从不夜啼，不闹觉，不挑食，不到一岁学会说话，会走路，没让我过多地操心。

妈妈太想看着你成长的每一个瞬间了，等妈妈回去，只要你在我的身边，妈妈一定不看手机一眼！我陪你过家家、陪你看故事书。妈妈很对不起你，自从你上了幼儿园，我真的只知道你的幼儿园门朝哪边开，等妈妈回去一定送你去一次幼儿园，等你放学第一个去幼儿园接你，等着妈妈！

现在，妈妈和 135 位来自北京的叔叔阿姨一起在武汉支援，他们和妈妈一样，也有自己的家自己的孩子，但是此刻武汉更需要我们。我们是医护人员，自踏入医学殿堂的那一天起，我们便肩负使命："救死扶伤，全心全意为人民服务，永远不辱白衣圣洁！"孩子们，等你们长大了，你们也会有自己需要承担的社会责任。你们要记住："我们是祖国的一分子，当祖国需要我们的时候，我们必须为她去奋斗！"

儿子，你小时候最喜欢听一首歌《国家》，那是你睡前必听曲目，妈妈那时候连手语版都学会了，有一句歌词："家是最小国，国是千万家！"你们现在可能还不懂，但是等你们长大了就会明白！我们得为自己是中国人而骄傲，我们每个人都有保卫国家的使命，你们不要埋怨妈妈只身离开你们，你们得为妈妈此时此刻能为祖国出一份力而骄傲！孩子们，妈妈一定会平安回来，兑现我的承诺！

爱你们的妈妈

2020.3.12

【家书背后】

张微微，首都医科大学附属北京友谊医院重症医学科主管护师。2020年1月27日，大年初三，她作为北京市援鄂医疗队的一名队员，离开年幼的子女，奔赴武汉抗疫一线。

　　稍做休整，张微微和队友们参加了国家卫健委新冠肺炎诊疗方案和个人防护等方面的培训。1月29日，张微微进驻武汉协和医院西院隔离病房，执行第一个班次的护理任务。这里收治的患者都是新冠肺炎重症患者。北京友谊医院医护人员凭借着高超的医技与敬业的态度，为患者带去生的希望。2月13日，医疗队员与当地医生一起，顺利完成该病区首例"有创机械通气治疗"，成功挽救了患者的生命。当天晚上，张微微在笔记本上写道："我们不惧风险，但武汉需要的是能和她一起并肩作战的战士，所以我们不能倒下！还是那句话，疫情不结束，我们不言退！"

　　医疗队抵达后的半个月里，大量危重患者涌入，加上有限的救治条件，给医务人员带来巨大的工作和心理压力。张微微见到了很多家庭感染病例，曾有一位老奶奶托她给同为感染者的丈夫送榨菜，但丈夫早已去世。"病人今天还好好的，有时下一个班就没有了。最让我难受的一个班，4个小时，3位患者过世，非常残忍。"张微微回忆，有些患者竭尽全力也不能救回，令他们很沮丧。但随着时间推移，患者们的病情好转，医患双方都看到了希望。

　　3月12日是张微微小女儿的四岁生日。在繁忙的工作结束以后，北京友谊

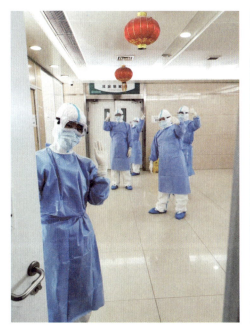

张微微和队友们在武汉隔离区

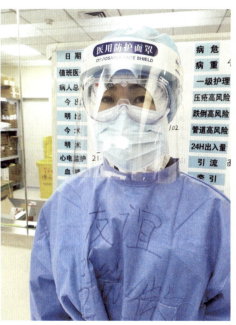

张微微在隔离区

 张微微和一双儿女　　　　　　医疗队的队员们一起为张微微的女儿庆生

医院医疗队队员们与小姑娘进行了视频连线，为孩子送去生日祝福。当看到屏幕里出现了许久未见的妈妈时，小姑娘嘴角上扬，露出了甜甜的笑容。"妈妈你什么时候回来？""等你再大些的时候，妈妈就回来了。"①

"我们来一起给宝贝唱《生日歌》吧！"伴着队员们的歌声，小姑娘吹灭了蛋糕上的蜡烛，许下了生日愿望。"宝贝许了什么愿望？""祝妈妈早日归来……"。

当天晚上，张微微在朋友圈里记录下那一刻的心情：

今天又是我女儿的生日了，我的小棉袄自从我来了武汉一直对我不太热情，也不知道为什么，直到她有一次问我："爷爷下班回家，爸爸下班回家，妈妈为什么不回家？"哦，原来她是生气了。今天很多叔叔阿姨陪你过了生

---

① 刘欢，王珺．"祖国需要时，必须为她去奋斗"．北京晚报，2020-03-16．

张微微在病房工作

日，祝你生日快乐，健康成长，你要谢谢叔叔阿姨们啊！

张微微将对儿女的爱与牵挂写进了字里行间，希望他们懂得："'家是最小国，国是千万家！'因为医者的责任与使命，无数的医护工作者离开'小家'奔赴前线，只为守护'大家'的平安与健康。"

3月31日，北京市援鄂医疗队由武汉返京。在驻地酒店外，当地志愿者为医疗队献上歌曲，听到"谢谢你"时，张微微流出了眼泪。大巴开动，有人追着车与队员们告别。回到北京，每当医疗队的车辆驶过，总有大批的市民自发站在街边挥手、欢呼。"结婚的时候都没这么激动过，觉得拼了命也值了。"张微微说。

# 我做梦都没有想到这辈子会有机会穿上纸尿裤

——四川省自贡市精神卫生中心援鄂医疗队医生刘丽彬致女儿

亲爱的女儿：

2月9日那天凌晨1点，爸爸接到任务，赴鄂抗疫。鼠年伊始席卷大地的病毒是一场突如其来的灾害，更是一场没有硝烟的战争，爸爸来不及和你商量，就匆匆地踏上了支援湖北抗疫的征程，这是一段充满未知数的征途……

从自贡到成都然后乘专机到达武汉，当我下飞机时，天已经黑了。待抵达抗疫前线，我感受到这里的空气湿冷而凝重，处处充满着消毒水的气味，我的心里有一丝担心、一丝害怕甚至还有一丝恐惧……但当知道这次来参加抗疫战争的有全国近6 000名白衣战士时，我的内心顿时被一种强大的精神鼓舞着。"国有战，召必回，战必胜"，我们正在为武汉而战、为湖北而战、为国家而战啊，坚信我们一定会战胜新冠毒魔，终将凯旋！

爸爸支援武汉抗疫已经有35天了，在工作的时候爸爸穿着防护服、护目镜，还有纸尿裤。我做梦都没有想到这辈子会有机会穿上纸尿裤，现在终于能体会你小时候穿着它哇哇大哭的感受了。虽然穿着纸尿裤的确有点不舒服，但这样可以让爸爸节约医疗物资，救助更多的患者。为了防控疫情，这里有很多病人的家属都不能陪伴在病人身边，特别是一些老年人，基础疾病多，寂寞、焦虑甚至恐惧、忧郁，他们就更需要帮助了。爸爸除了医学救治以外，还常陪他们唠家常疏导心情，鼓励他们要有战胜病魔的信心，展望康复后的幸福生活。生在新中国、长在红旗下，这都是我们的幸运！在我们医疗队员、武警战士、保洁工人、社会志愿者等所有人员的努力下，方舱医院的病人陆续好转出院，医院顺利休舱。这是在党中央正确的领导下，我们的抗疫战争取得的阶段性成果，接下来我们还将继续辗转定点医院做下一步的救援工作。

武汉历史悠远，这里有"千湖之城"和"九州通衢"的美名，这里有闻名遐迩的黄鹤楼、长江大桥、楚河汉街，这里有秀色可餐的小龙虾、热干面、武昌鱼……武汉还是一座群贤毕至的城市，自古以来人才辈出：风云人物有黎元洪、朱光亚、吴仪、蒋方舟……英雄人物有熊廷弼、项英、恽代英、刘家麒……武汉也经受过血与火的洗礼：武昌起义、武汉会战……"苟利国家生死以，岂因祸福避趋之！"在武汉这场没有硝烟的阻击战中，每一个医生、护士都是英雄，每一个普通市民都是战士，在他们身上共同体现了不屈不挠、不怕牺牲、勇于抗争的精神。爸爸非常有幸参加了这次驰援武汉保卫华夏的抗疫战争，这是事业的需要、是人民的企望，更是时代的呼唤！它是一种情怀，渗透了中华儿女在困难面前凝聚成强大力量的家国情怀，必将永载史册，光耀千秋。

"时代的一粒灰，落在个人头上可能就是一座山"，"我们之所以赞颂勇气，是因为人类总在明知风险的时候，仍然选择我们该做的事"。女儿，通过这次抗疫，爸爸希望你长大后做一个有担当有责任的人。担当，是一种态度，是一种成熟，当家里需要你的时候，敢于奉献；责任，是一种勇气，是一种精神，当国家、人民需要你的时候，敢于挺身而出，用自己的力量报效祖国！

爱你的爸爸：刘丽彬

2020.3.15

## 【家书背后】

刘丽彬，四川省自贡市精神卫生中心内科主治医师。2020年2月9日，作为四川省第六批援鄂医疗队队员驰援武汉，被分配在汉阳国博方舱医院工作。

出征前的合影

刘丽彬与患者交谈

刘丽彬在2月17日的日记中写道：

今天又是"上夜班"（20点到次日2点），现在穿防护服进舱完全是轻车熟路。今晚我管4个单元，总共有88个患者。

一接班，有问题的患者特多，笔记本密密麻麻记了一页。初步掌握患者的病情后，按病情重轻急缓先后顺序处理，有胸痛、胸闷、气紧等呼吸系统和心血管疾病的先处理。

我的右眼因为麦粒肿又痛又涩，感觉可能有很多分泌物，再加上起雾的防护眼罩，右眼视物困难，但是也顾不了那么多了，在这种防护装备下只能坚持，且必须坚持下去！心想这么多患者还在被病痛折磨，我这点小问题又算得了什么？[1]

在病房里，一位50多岁的男患者对刘丽彬说："你们上那么久的班，怕要八九个小时吧，你们真辛苦，你们是英雄！"刘丽彬回答："我们不辛苦，我们医生一样都是凡人，只有你们健康出院了，我们才能轻松下来，你们也很坚强，都在和病毒做斗争，你们是好样的！"

这位患者和他拉上家常，说他的儿子也得了这个病，开始的时候有低热、咳嗽，照了胸片没有啥，问刘大夫该怎么办？刘丽彬告诉他一定要按程序来，比如该复查CT的时候复查CT，该做核酸检测的做核酸检测，如果要收进来隔

---

[1] 【湖北救援日记】四川自贡医师刘丽彬：这里遍地是英雄，我只是很多平凡医生中的一个. 新华网四川频道，(2020-02-20). http://www.sc.xinhuanet.com/content/2020/02/20/c_1125601204.htm.

离观察也一定要配合，这都是为了大家的健康。

"听到有人说我们是英雄，这也许是病毒肆虐时期，患者给我们的褒奖。其实在我心里，这里遍地是英雄，而我只是很多平凡医生中的一个，我也希望和你一样朝九晚五地上班、下班，吃饭、洗澡、睡觉、逛街、陪爱人、陪孩子，有自己的周末、自己的小天地，做着我想做的事，陪着我想陪的人……"刘丽彬说。

每个人都能健健康康，这就是刘丽彬的初心。3 月 31 日，在圆满完成支援湖北各项任务后，刘丽彬等自贡市援鄂医疗队首批 20 名队员返回家乡。在武汉战"疫"中，刘丽彬所在的自贡市第二批援鄂医疗队荣获"全国卫生健康系统新冠肺炎疫情防控工作先进集体"称号。4 月，刘丽彬当选自贡市疫情防控"最美逆行"优秀志愿者。

# 现在，爸爸就和这些勇士一起并肩作战

——首都儿科研究所援助武汉社区防控专家尹德卢致女儿

一诺宝贝：

你的画非常棒！爸爸谢谢你！

就像你在信中说的，爸爸也会忐忑，也会害怕。我到达武汉时，那天下着雨，从火车站走到宾馆，大街上几乎空无一人，这和我一年前看到的武汉完全不一样。但是，我不后悔来到这里，我和你妈妈都是医务工作者，都是共产党员，现在国家有难，我们必须往上冲。

到社区街道走访时，我不仅感受到居民对疫情控制的热切期盼，更看到了社区防控人员的艰辛和不易。他们是居委会工作人员、是社区卫生服务中心的医务人员、是下沉到基层的干部、是派出所民警、是党员志愿者……他们迎着风、淋着雨、踏着雪，用着简单的防护用品，冒着被感染的巨大风险，站在了疫情防控的最前线。很多人春节就没回过家，还有年幼的孩子和生病的父母需要照顾，谈到这些时，他们哭了，内心渴望疫情早点结束，渴望回家拥抱亲人，渴望痛快地呼吸。明知危险还选择坚守，我觉得这才是勇敢。现在，爸爸就和这些勇士一起并肩作战，我们一定能打赢这场"战疫"。

人在磨炼中成长得最快，在武汉的 40 多天，爸爸也变得更加有担当。防控人力不足怎么办？封闭在家的居民，生活、药品怎么保障？政策要求与小区实际不符怎么办？基层防控人员情绪不稳定怎么办？这是爸爸每天都要面对的问题，我会说"我去看看，我想办法，我来负责"。当发现的问题引起重视，提出的建议得到了采纳，问题很快得到了解决，我们就感受到了人生的意义和价值。现在江汉区的疫情控制情况和我们刚来时有了很大变化，这里有我一份参与，我很自豪。

我来武汉，爷爷、奶奶、外公、外婆担惊受怕，妈妈嘱咐我注意防护，但你好像从来不担心我，似乎还有点兴奋，好像希望我去武汉。从你身上爸爸看到了乐观、勇气、正义和责任，我想给你打个样，但不知这个"样"怎么样？

你已经长大了，替我照顾好妈妈和外公外婆。等我回家，再给你讲讲这里的故事。

爸 爸

2020.3.19

【家书背后】

2020年2月，武汉市新冠肺炎防控进入关键时期，需要进一步加大社区疑似病例和密切接触者的搜索范围和搜索力度，开展全面的体温监测，这是疫情决战攻坚的关键环节。国家卫健委决定向武汉派出一支26人编制的社区防控专家组，负责走访街道社区、基层医疗机构和集中隔离点，全面分析社区防控工作形势、措施和效果，针对存在的问题和面临的困难，系统研究、建言献策，为武汉社区防控工作提供智力支持。

首都儿科研究所儿童卫生与发展研究室副研究员尹德卢作为专家组成员，在2月6日接到指令后，第一时间告别妻女，背起行囊匆匆踏上了开往武汉的列车。

尹德卢（左）工作照

根据中央应对疫情工作领导小组安排，社区防控专家组被分别派往武汉市的13个区。尹德卢和另外一位疾控专家负责指导江汉区的社区防控工作。江汉区是武汉市疫情最重的地区之一，新冠肺炎确诊病例较多。到3月中旬，尹德卢已在江汉区坚守了一个多月。这期间，他走访了江汉区全部12个街道的40余个社区、12个社区卫生服务中心、10余个集中隔离点和9个养老机构……他提出的百余条问题和意见建议，绝大部分都被当地政府采纳。"我们就是中央指导组在基层的'腿儿'，必须跑动起来，深入社区，才能发现社区防

尹德卢（右二）在指导社区防控

控中存在的问题。"尹德卢说，自己此行的任务就是要帮助当地社区疫情防控查漏补缺，守住社区这块重要阵地。

尹德卢（中）工作照

刚到武汉时，尹德卢把从北京带来的帽子、护目镜、N95 口罩、手套全部"武装"上，因为每天要接触居委会、街道、社区卫生服务中心、隔离点里的大量工作人员，不断走访、交谈……没人能确保刚刚与自己擦肩而过的人，是否是一个潜在的感染者。有一次，在一个社区居委会走访时，工作人员就好心提醒尹德卢："旁边那位是一个疑似病例，在等着转走呢，您尽量离远一点。"①

随着社区防控工作的不断夯实和加强，跟踪管理和居家隔离管理的落实落细，尹德卢虽然每天还是在外面奔波，但"装备"却减少到一个 N95 口罩。他自豪地说："通过大家的努力，现在的社区越来越'干净'，工作人员和居民的担忧、恐惧越来越少了。"

尹德卢的爱人在中日友好医院工作，疫情暴发以来也一直坚守在岗位上。夫妻俩每天都会通电话，爱人叮嘱他最多的就是"注意防护"。

有一天，尹德卢收到了 12 岁女儿画的一幅画。在这幅名为《爸爸的手与守》的画作中，病毒肆虐，悬浮的地球戴上了口罩，坚毅的手紧抓着有力的手臂，大家携手抗疫。"里面有一只手，就是像爸爸那样的医务工作者的。"女儿

① 池杨.【首儿战疫】尹德卢：深入武汉疫情重灾区，为街道社区防控"补漏".首都儿科研究所微信公众号，2020-03-06.

121

尹德卢女儿的画作《爸爸的手与守》

对尹德卢说，"现在已经春暖花开，我和妈妈盼您回家。"

尹德卢给女儿写了一封信，讲述了自己在武汉的种种经历、感受，以及江汉区疫情防控的欣喜变化。"这里有我一份参与，我很自豪。"他说，自己想给女儿"打个样"，并告诉她："明知危险还选择坚守，这才是勇敢。"

在 12 岁的女儿心中，爸爸就是"逆行"大军中最勇敢的一个。

# 只待凯旋之日，再到您的碑前跪拜

——郑州联勤保障中心援鄂军人王均波致岳父

尊敬的岳父：

您离开小莉①和我们整整一个月了，在那里还好吧，相信天堂没有疾病和疼痛！

在咱老家农村，二月二可是龙抬头的好日子。就在那一天，我临时工作的武汉火神山医院，又有一批新冠肺炎患者康复出院，医院检验科核酸检测实验室也正式投入运行，实现了当天采样、当天检测、当天报告临床，大大提高了救治患者的效率，这些消息真令人高兴，更提振了全国人民战胜新冠肺炎疫情的信心。

16时16分，我正忙着联络媒体记者采访，突然收到小莉的信息："爸爸去世了。"我印象中您身体尚好，加上当时太忙，便以为是小莉粗心大意发错了信息。忙完手头工作，我本想质问她怎么能这么粗心大意，但电话接通，就听见一片哭声，小莉哽咽着说："爸爸走了……"话没说完，便泣不成声了。当时，我脑袋"嗡嗡"直响，犹如五雷轰顶……

稍坐片刻，我起身把媒体记者需要协调的事情办妥，将稿件报

① 作者的妻子。——编者注

审。突然，又收到小莉的信息："你能回来吗？"区区5个字，对我来说，犹如千斤重锤砸在胸口。因为疫情，我大年初三提前返回部队参加抗击疫情工作，几经波折，来到武汉火神山医院，负责联络媒体与审核稿件，配合媒体及时向外界发布火神山"战报"。我想一定是小莉扛不住了，要不然，她不会这样问——小莉的姥姥3天前刚刚去世，后事还没料理完，您又突发心梗骤然离她而去……3天时间，两位至亲至爱的家人离去，对她来说无疑就是天塌了！

按理说，岳父您走了，作为女婿说什么都应该回来尽孝。可是，我来武汉参加抗疫的事，为了不让小莉担心，我一直都没告诉她。再加上，当时的疫情那么复杂，就算组织特批我回家尽孝，也得隔离14天后才能离开武汉，更重要的是还需要别人接替我的工作，无疑给战友增添了麻烦和危险。

如果我不回去，从内心上又过不去，小莉带着2个年幼的儿女，在疫情蔓延下连个车都打不着，您的后事她怎么料理？结婚10年，这是小莉第一次向我"求助"，更是为人夫最应该做的事，我却无言以对……坐在通勤车上，我把帽檐压得很低很低，任凭泪水顺着口罩往下流，脑子里满是您的音容笑貌。

您这辈子除了上班和下班，也没干什么惊天动地的大事，退休后侍弄果园的那几年，您虽然很累，但能感觉到您是真的开心。2016年春节，我和小莉带着女儿笑笑来家里过年，您和妈妈整天乐得嘴都合不拢。特别是您每天陪着当时只有3岁的外孙女，做游戏、讲故事、玩沙堆，想着法子给我们一家子做好吃的，什么松鼠鱼、糖醋鱼，还有许多我未曾见过听说过的海鲜。10多天假期，您做的菜竟然没重过样。笑笑早就被您的各种美食俘获，天天黏着您疯玩。

回想起来，那是多么幸福的时光啊，今后却再也享受不到了。

那阵子，每天您都要忙着办年货，还要带孩子，但您却说："这一天真忙叻，但听到小家伙那一声甜甜的'姥爷'，就像喝了蜜一样甜。"可惜，您再也听不到笑笑喊"姥爷"了，再也听不到小外孙那发音还不清晰的"姥爷"了。听小莉说，不懂事的儿子还不时闹着要找姥爷，每次都听我得泪水直流……我多么希望是小莉发错信息了，多么希望疫情结束，我还能带着儿女回家，每天吃您做的各式各样的美食……

记得那次年夜饭，平时不爱说话的您，喝了点酒后，话渐渐地多了起来，除了说些您年轻时的辛酸往事，还透露出对小莉和我的想念与牵挂。那番话的原因我非常清楚，2011年，为了照顾我在部队的生活，小莉辞掉了大连的工作，随军到张家口当了家庭主妇。6年了，这是我们第一次回大连过春节。

那些年，小莉带着笑笑坚守在陌生的城市，所受的苦与累，只有经历过独自带孩子的人才能体会到。我偶尔回去看望一次，都会听到邻居们说："你可回来一趟了，快帮媳妇带带孩子，让她歇一歇，你媳妇自己带个小胖妞太不容易了。"

我知道您是牵挂小莉和我的生活。您还说从小莉很小的时候开始，因为您的父母身体都不好，经常需要去医院抢救，为了方便照顾，一家三代挤在不足40平米的房间里。小莉常常是一觉醒来，发现大人都去医院了……有时放学也回不了家，而是直接去医院找您和妈妈……

您操劳一生，没有享过什么福，大半辈子都在照顾生病的老人，恪尽孝道。好不容易把小莉养大，把她嫁给了远在异乡、经常回不了家的我，基本上没有时间陪伴在左右，我也常常深感愧疚，感觉对不起当初娶亲时"会给她一生幸福"的承诺。

您说那个春节过得最开心，希望我们来年还回家过年，我爽快地点头答应了，但因为各种原因，回家过年一推再推。想不到，您老竟然驾鹤西去，让我再也无法兑现诺言……

就在我无法回家尽孝悲痛欲绝的时候，单位领导来电话告诉我，在上级组织的关心帮助下，已经委托咱家附近的967医院领导到家里看望慰问妈妈和小莉，还帮忙办理您的后事，让您的最后一程走得风光体面，享受军属的礼遇。听小莉说，967医院领导照顾得特别周到，不仅帮忙跑前跑后，代表各级组织给您敬献了花圈，还送来了慰问金。

组织和领导的关怀令身处疫区无法尽孝的我感动万分，让我不再陷入两难之境。我唯有加倍努力工作，做到"绝不让事情在自己手中耽误，绝不让稿件在自己手头耽搁"，用最好的成绩回报组织和领导的关心厚爱——若有松懈，就愧对组织和这身军装。

一个月过去了，武汉的樱花已经盛开，街上的行人渐渐多了起来，火神山战"疫"也即将告捷。只待凯旋之日，再到您的碑前跪拜，请您原谅女婿的不孝！

女婿：王均波

2020年3月24日于火神山医院

【家书背后】

王均波，郑州联勤保障中心宣传处干事，抗疫期间任火神山医院政治工作部干事。他1981年出生于浙江仙居农村，1999年应征入伍，2001年入党，2005年保送入大学。历任战士、班长、干事、指导员、助理员、教导员、协理员、副政委等职，先后参加过国际维和、"9·3"阅兵、国庆70周年阅兵等重大活动及宣传工作，多次被上级表彰为优秀基层干部、优秀机关干部、优秀共产党员、新闻报道先进个人，荣立三等功4次，被联合国授予一级和平勋章。

庚子鼠年春节前，王均波提前忙完手头工作，赶在除夕前两天回到了浙江老家。大年初二，他接到通知，立即做好随队赴武汉执行任务的准备。初三一大早，开始"逆行"归队，因疫情封控，客车停运，只能让姐夫开车把他送到100里外的车站。平日里1小时左右的路程，变得异常漫长和坎坷。在开车前6分钟赶上了开往杭州的高铁，再到杭州东站转乘北上的列车归队。

2月16日，王均波接到赴武汉抗疫的命令，进入战"疫"状态。战"疫"期间，他负责火神山医院的宣传报道工作，协调各家媒体，把各类典型做好做强做出影响力。最多的一天，他联络接待了93

王均波女儿的画《战胜疫情从我做起》

4月14日，王均波7岁的女儿笑笑在电视中看到爸爸在武汉抗疫后，给爸爸写了一封信

王均波在火神山医院命名石前留影

王均波因为劳累，在火神山医院六科医生值班室坐着睡着了（照片为同事刘一波抓拍）

名媒体记者，协调 110 余名医院领导或医务人员接受采访。同时，他个人在中央级媒体刊发稿件 160 余篇（幅），及时向国内外发布火神山"战报"，向世界展示了军队支援湖北医疗队科学救治新冠肺炎患者的成果，有效激发了广大医务人员投身战"疫"的热情，为打赢这场疫情防控阻击战付出了艰辛的努力。

王均波的岳父 1957 年出生，原大连钢厂员工，是位地地道道的普通工人，不善言辞，喜爱果树种植和钓鱼。2020 年 2 月 24 日（农历二月初二），因突发心梗，不幸离世。

下 编

# 等 你 归 来

因为我们是医者，我们的职责就是救死扶伤，在祖国和人民最需要的时刻，我们定义不容辞！

你的出征每分每秒都牵挂着家人的心，你的儿子还不会完整地叫上一声爸爸，你就投入到了一个没有硝烟的战场，怎不让我们日夜牵挂！

爸爸，我每天都很担心您啊，您一定要照顾好自己，只有保护好自己，才能救治更多的人。

从你的呢喃中我听到了"我害怕回不来了，怎么办？"时，我知道你还是15年前我们热恋时的那个小女生，那样单纯、那样脆弱、那样惹人怜爱！

我看到疾病被一点点驱散，我看到人们的脸上渐渐露出希望——我们这个时代像钻石一样珍贵的东西。而您，而你们，创造了希望，也守护着希望。

不怕你笑话，我是一路流着眼泪回到家的。不是因为担心你，而是看到你们医疗队员一个个义无反顾地走向战场，将要用自己的血肉之躯同病魔做殊死搏斗，把一个个患者从死亡线上拉回来，不禁让我想起那句"哪有什么岁月静好，只是有人替你负重前行"。

# 没有一个冬天不可逾越

——孙婉清致父亲、武汉协和医院医生孙鹏

父亲膝下：

流感突起，肺炎逼至，想父亲安康？

恭惟父亲工作兢兢业业，是以稍有声望，日前升迁，感言良多。曾言健康所系，性命相托，将为患者尽心尽力。故常早出晚归，于我偶有失信——抢救病人以忘时，误我培优也。某才学浅薄，不甚通世情冷暖，曾怪罪于您，望您见谅。日前流感横行，您于院中应多加留意，谨防传染。吾坚信没有一个冬天不可逾越，病毒肆虐的当下，亦如是。日月不居，时节易迈，亥猪将逝，子鼠已来，抟沙转烛间，又是一年。

小女祝您新年快乐，身体健康。

女儿婉清再拜问起居

2020 年 1 月 25 日

## 【家书背后】

　　家书作者孙婉清，是家住武汉的一名中学生，成绩优异，聪明伶俐。庚子新春，疫情肆虐，武汉是重灾区。孙婉清的处境与同龄人有些不同，因为她的父母都是抗疫一线的医务工作者，她有时被迫独自"留守"家中。

　　孙婉清的父亲孙鹏，43岁，是华中科技大学同济医学院附属协和医院（武汉协和医院）急诊科副主任、主任医师。2019年3月，他被派到位于武汉经济技术开发区的武汉协和医院西院，负责急诊科和发热门诊的工作。疫情来袭，发热病人急剧增多，从2020年1月15日起，孙鹏就没回过家。孙婉清的母亲张清是武汉协和医院麻醉科的医生，疫情期间也是24小时待命，女儿有时候不得不一个人在家。

　　好多天没见到父亲了，孙婉清想给父亲写封信，改了好几稿，终于在1月

孙鹏医生在分析患者病情

25日大年初一写成了文白夹杂的信，她用手机拍照发给了父亲。"以前天天在一起不觉得，有时候还觉得辅导作业麻烦，看到这封信，觉得孩子的长大就在一瞬间，平淡生活何其珍贵，能给孩子辅导作业也是幸福。"孙鹏笑着说，自己当时有点泪目。

　　这封仅有200字的家书传递着对

孙婉清写给父亲的家书

孙婉清与父亲的合影

父亲深情的问候、温暖的鼓励、迟来的歉意，以及对战胜这场疫情坚定的信心，经媒体披露，迅速传播。特别是信中的一句"没有一个冬天不可逾越"，给正在抗疫中的人们带来信心和希望。

2020 年 3 月，孙鹏被国家卫健委、人力资源社会保障部、国家中医药管理局联合授予"全国卫生健康系统新冠肺炎疫情防控工作先进个人"称号。2020 年 9 月 8 日，在全国抗击新冠肺炎疫情表彰大会上，孙鹏被授予"全国抗击新冠肺炎疫情先进个人"称号。

# 我已经记不起自己哭了多少次了

——文可致丈夫、株洲市中心医院援鄂医疗队护士李锐

老公：

这是你去武汉的第一天，此时此刻，我已经记不起自己哭了多少次了！还记得你在除夕前一天发微信给我的时候，说你是第一批援助武汉救援队队员，在家待命随时出发，要我给你收拾行李。那时我还不以为然，不相信这是真的，认为大过年的肯定不会去的！直到今天大年初一，接到通知马上出发，我送你去医院打预防针，然后在医院集合出发，那时，我才感受到形势的严峻。

株洲市中心医院援助武汉15位同事，身穿白大褂站成一排，送别现场所有的院领导都来送行，为你们加油打气，事业发展科罗主任用哽咽的声音含着泪水带领大家喊着口号：敬佑生命，救死扶伤，甘于奉献，大爱无疆！这振奋人心而又伤感的场面真的深深地触动着我，让我潸然泪下。

同为医者的我，知道此行你肩负的压力和重任，我知道因为我们是医者，我们的职责就是救死扶伤，在祖国和人民最需要的时刻，我们定义不容辞！

我想，几天前，电脑桌前还留着你用笔记本写给院领导的请愿

书，字字坚定不移，你早就深知我知道这个消息后会有担心，会有不舍，会有牵挂，所以你没有第一时间告诉我你已经做好充分的准备，向组织递交了申请书。

我突然想到了大年二十九，正好我值夜班，你主动提出要陪我值班，那天你说"能看一眼是一眼"，结果陪了我一夜……

还记得除夕夜，崽崽早上起来就特别地缠着爸爸，好像他知道什么一样，一直爸爸爸爸地叫着。

晚上，我们一家三口相互陪伴到很晚才睡，度过了一个开心的除夕夜。第二天早上你接到电话说下午就要出发去武汉，你便立刻带着我和崽崽下楼买了花炮，带着我和儿子，享受一家人在一起过年的最后时光。

我看着你带着崽崽，挥舞着手中的烟花，大喊着新年快乐时，我知道，其实你内心是有多么不舍！记得，平时你总是说，这么大个小屁孩他懂什么，我想他真的都懂。晚上我带崽崽睡觉，他看见卧室里安安静静，没有爸爸逗他的声音，躺在床上突然就哭了起来，眼泪大颗大颗往下掉，瘪着嘴巴，却没有哭声，我知道，儿子肯定是想你了。

我拨通了你的电话视频，想让崽崽看看你，崽崽看见你立刻笑了起来，口中又大声喊着"爸爸，爸爸"。看见你戴着口罩，拿着行李的样子，我一阵心酸，忍不住又哭了起来，可那头的你却一脸笑容，逗着儿子开心，又一边告诉我，你很好，医院很贴心，为大家准备了非常齐全的物资。

你很快就到达目的地了，让我们不要担心你！视频挂断，我心中久久不能平静。这场没有硝烟的战争才刚刚开始，此刻的你在阻击疫情的最前线。李锐，老公，你也放心，我在家里也一定会坚强，照顾好宝宝，照顾好父母，照顾好我自己。我也向组织递交了请战书，如果可能，我也会前往前线与你共同作战，打赢这场没有硝烟的战争。

　　一封留在家里等你回来看的家书，我期待你和所有前往湖北援助的勇士们平安归来！

文　可

2020 年 1 月 26 日

## 【家书背后】

　　写信人文可，中南大学湘雅医学院附属株洲医院（株洲市中心医院）心内科护士，收信人是她的丈夫、株洲市中心医院手术室护士李锐。李锐加入了湖南省援鄂医疗队，2020 年 1 月 25 日大年初一出征湖北。

　　他们的儿子刚刚 1 岁 2 个月，和爸爸的感情特别好。李锐出发那天，把儿子抱在怀中久久不愿放手，儿子也亲昵地靠着爸爸的肩膀，不肯下来。文可说，这画面一直印在她的脑海，每每想到，她都会泪流满面。然而，作为一名医护人员，文可知道此行的艰辛和危险，同时她也明白"我们是医者，我们的职责就是救死扶伤，在祖国和人民最需要的时刻，我们定义不容辞！"，所以坚决支持丈夫前往抗疫一线，并且自己也向组织提交了请战书，如获批准，她

李锐带儿子玩烟花

一家三口

就会到前线与丈夫并肩作战。家温馨，国更重，家国情怀，莫过如此。

完成在湖北的支援任务，返回株洲后，李锐给在黄冈期间治疗过的患者写了一封信。信中说："记得进入隔离病房的第一天，我说：'不要把我当成护士，我是你们的战友！我们要团结，要有必胜的信念。'你们真的很听话，积极配合我的工作，还特别关心我。……正常起居，欢声笑语，按时做呼吸操训练，你们恢复得又快又好。出院前一天，你们还给我发了一个视频《听我说谢谢你》，里面的动作和文字真的让我和队友都泪目了。还记得当我们在大别山区域医疗中心进行清

李锐的请战书

李锐在黄冈前线

零仪式时，你们的模样一一在我脑海划过。这段经历必将让我终生难忘。记住我们的约定，到湖南来玩，毛豆、嗦螺、小龙虾、茶颜悦色、糖油粑粑，统统为你们奉上。"[1]纸短情长，字里行间充满了医患间互信互爱的美好情愫。

---

① 李锐.给黄冈战友的一封信.中国文明网，(2020-03-31). http://hnzz.wenming.cn/bb/202003/t20200331_6382369.htm.

# 不降病魔誓不休

——父亲致儿子、河南大学淮河医院援鄂医疗队护士董凯

董凯儿：

你在武汉疫区的工作生活环境还好吗？你到武汉已有三天了，只是微信、电话报个平安，就投入了疫区的医疗救助，真正的情况我和你妈以及亲人一无所知。常说"在家千日好，出门一时难"，你的出征每分每秒都牵挂着家人的心，你的儿子还不会完整地叫上一声爸爸，你就投入到了一个没有硝烟的战场，怎不让我们日夜牵挂！

当然，武汉疫情就是战场，疫情就是命令！你选择第一时间报名参加河南大学淮医救援队，证明儿子你更成熟了，更敢于担当了。你作为一名医务工作者，对这次疫情的严重程度比我们清楚得多，但你选择到武汉去参加医疗援助，爸妈及亲人都为你骄傲！也是咱们家报效国家、甘于奉献的传承的又一种体现。

儿子，我们会照顾好自己和家里，你在疫区要比在原来的岗位操作更严谨。那里是没有硝烟的战场，你就是一名冲锋在前线的战士！要严格操作规程，做好防护，救死扶伤，尽职尽责，注意休息，多喝开水，加强团队协作。

最后，祝你和你的队友们都平安，待凯旋！！

儿行千里母担忧，他乡瘟疫牵国愁。

举国迎战新冠状，上下齐心锁瘟侯。

时不我待抢时间，零时征招舍亲友。

淮医点兵吾儿在，高铁三时到汉口。

身现疫区第一线，不降病魔誓不休。

父 亲

于二〇二〇年一月二十八日

## 【家书背后】

2020 年 1 月 26 日，河南 137 名医务人员搭乘高铁赶赴武汉，支援新型冠状病毒肺炎医疗救治工作。"儿行千里母担忧"，他们在前方的工作生活状况如何？前方医务人员的安危时时刻刻牵动着家人的心。这其中，就有河南大学淮河医院董凯的父亲。1 月 28 日凌晨 5 点，彻夜未眠的父亲给在武汉一线的儿子写下了一封信。

今年 33 岁的董凯，是淮河医院

董凯在武汉前线工作中

董凯等入党宣誓

父亲给董凯的信

的护师，儿子刚满周岁。从出现新型冠状病毒肺炎的消息传出起，他就一直关注着疫情，听说河南要组建派往湖北的医疗队，他第一时间报名。

抗疫前线，董凯收到父亲的家书，殷殷牵挂中透着关心，坚定话语中透着自豪。父亲代表全家大力支持董凯的选择，并赋诗一首。"身现疫区第一线，不降病魔誓不休！"有这样的父亲，哪有不优秀的儿子？

3月13日，河南大学淮河医院援鄂医疗队临时党支部在武汉前线召开大会，讨论吸收董凯等五名同志火线加入党组织。

祝福董凯！

朱丽:

　　家里一切都好，爸爸身体挺好的，我们的宝宝也很乖，虽然她还没断奶，但她有好多护士妈妈给她送母乳，不用担心她挨饿长不大了。晚上睡觉也挺乖的，玩一会看看你的照片也就睡着了，也没哭也没闹。她是长大了，也懂事了。

　　我们也都在关注武汉的情况，也看到你们在那里工作的照片，大家都知道你们在那里不容易，你们都要坚持住。我也申请参加一线工作，很快我也会陪着你一起在一线战斗。

　　再多说一句，重症监护室里特别容易被感染，防护工作一定要做好，勤洗手多喝水，自己也注意点身体！家里也都挺好的，单位领导也都很关心，每个队员家里都安排了人对接，有什么事情医院都会有人帮忙解决。你不用担心家里，在那里做好自己的工作，争取早日胜利归来，我带着我们的宝宝一起去接你！

芦家奇

2020.1.29

【家书背后】

2020年1月24日，除夕夜，海军军医大学第二附属医院（上海长征医院）护士朱丽接到了驰援武汉的任务通知，由于她的女儿还没有断奶，医院领导仅是征求她的个人意见。看着熟睡的女儿，朱丽的心中有些不舍和彷徨，但她知道，抗疫一线更需要自己，她果断回复："我去前线！"

除夕这一天正是女儿一周岁的生日。对朱丽来说，做出这样的决定比任何时候都需要勇气。因为突如其来的疫情，给女儿买好的生日蛋糕还没来得及点上生日蜡烛，朱丽就要踏上前往武汉的征程。吻别女儿时，她泪眼朦胧："对不起，宝贝。妈妈相信你长大了，一定会原谅妈妈。"

朱丽的丈夫芦家奇也是一名军医，在长征医院影像诊断科工作，朱丽奔赴抗疫一线后，他在后方担起了照顾女儿的任务。医院里几位在哺乳期的护士妈妈，得知朱丽的宝宝还没有断奶，主动给她家中送来母乳，她们对前方的朱丽说："你安心地执行好国家的任务，这段时间，我们都是孩子的妈妈！"

得知前方形势紧张，芦家奇也主动请缨出征武汉，愿与在一线的妻子并肩奋战。1月29日，芦家奇给正奋战在抗疫一线的妻子写下了这封信，他想告诉妻子：如果能去前线，我们一起并肩作战；如果不能去前线，我就在后方做好保障工作，支持你！

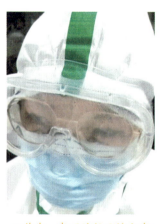

工作中，朱丽的护目镜上布满雾珠

芦家奇写给朱丽的信

为了践行一名医生的职责，芦家奇这次主动请缨到一线发热门诊值班，以党员的责任和担当，留守在沪，与在武汉的妻子并肩作战。面对使命的召唤，他们用行动诠释——有一种爱叫同赴"战场"。

到达武汉后，朱丽

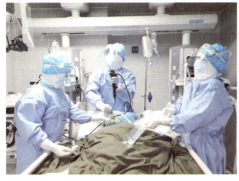

朱丽（右一）和战友们工作中

朱丽

朱丽在重症监护室工作

朱丽和爱人重逢

和战友们进驻汉口医院，迅速开展危重症患者的救治工作。2月6日，根据组织安排，他们转战火神山医院，直至武汉"解封"。疫情期间，朱丽共护理危重症患者67名，见证了4名患者出院，41名患者转入普通病房，4名患者转院，参与气管插管、除颤、ECMO等重大抢救43次……

　　在武汉度过惊心动魄的76天后，朱丽和战友们回到上海。5月2日，在海军军医大学欢迎援鄂医护人员回家的仪式上，朱丽把头深深埋进爱人芦家奇的怀抱。勇敢战"疫"归来的她，在武汉白衣执甲的76天里没怎么掉过眼泪，重逢这一刻却没忍住，哭了。①

---

　　①　张翠玲.援鄂护士用"惊心动魄"形容身在武汉的76天 | 致敬·护士节.搜狐网，(2020-05-12). https://www.sohu.com/a/394632004_99936687.

# 爸爸，我每天都很想您

——张木兰致父亲、北京协和医院国家援鄂医疗队医生张宏民

亲爱的爸爸：

　　您在武汉还好吗？吃的住的还习惯吗？抗疫救治情况怎样了？我每天都很担心您，每天都希望您早点儿回来。

　　还记得您出征前的那天，我和妈妈都非常担心，您坚定地说："必须去，救死扶伤是医生的职责。"您义无反顾地走了，您说的话语久久在我心中回荡。

　　今天看新闻了解到，全国新增确诊病例 1 737 例，累计 7 711 例。这真是一个惊人的数字啊！爸爸，您在抗疫最前线，您那里的病患很多很危急吧？您从事的又是重症医学工作，最近距离地面对重病患者，直接和细菌病毒做斗争。爸爸，我每天都很担心您啊，您一定要照顾好自己，只有保护好自己，才能救治更多的人。

　　爸爸，我每天都很想您，希望您救治好病人早点回家。您辛苦啦！

木 兰

1 月 30 日

【家书背后】

新年伊始，突发的新冠肺炎疫情打乱了每个中国家庭的正常生活，尤其是相关专业的医护人员更是纷纷辞别家人，驰援武汉。

2020 年 1 月 26 日，大年初二，北京协和医院与北京医院、中日友好医院、北京大学第一医院、北京大学人民医院、北京大学第三医院的医务工作者共同组成国家援鄂医疗队，出征武汉。北京协和医院首批国家援鄂医疗队共有 21 人，重症医学科副主任医师张宏民是其中一员。

到达武汉后，张宏民被任命为同济医院中法新城院区 ICU 病房一组的组长，经过简短的交接培训，他和队友们就来到病房忙碌起来。张宏民每天工作达 10 多个小时，在病房里仔细查看、研究每一位病人的情况，针对性使用抗

1 月 26 日，首批国家援鄂医疗队集合，
准备启程武汉

北京协和医院领导与首批国家援鄂
医疗队队员合影

北京协和医院张宏民教授使用"四叶草"
超声为患者检查

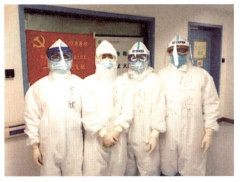

张宏民（左二）与同事

病毒药物，进行早期抗凝治疗、强化吸痰、疏通呼吸道，对病患进行鼻导管吸氧、面罩吸氧以及使用呼吸机等必要的呼吸支持。

在 ICU，张宏民和他的队友经历着身体和心理的双重考验。ICU 患者除了生命体征不稳定，还有情绪上的不稳定，有些患者在治疗过程中有自我放弃的迹象。因此，除了药物和仪器治疗，他的团队还从病人的心理建设入手，在可能的情况下尽量与病人交流，鼓励患者勇敢和病毒搏斗。

由于工作缘故，张宏民不能与家人每天通话，他的妻子在谈到他时，既骄傲，又有些忧虑："我相信他的专业知识，我知道他一定会防护得很好，不会有事的。但有时我又很担心，我很希望能每天通一通话，了解他的工作，感受他的心情，哪怕短短几句话心里也踏实，但是我不能打扰他。我只希望，疫情尽快过去，所有人都能团圆、都能心安了。"[①]

张宏民

张木兰写给爸爸的信

1 月 30 日，张宏民的女儿、北京第 166 中学附属校尉胡同小学三年级一班的张木兰，给爸爸写了一封信，表达了对爸爸的担心和关切，希望他保护好自己，早日打赢抗疫这一仗，早日凯旋。

3 月，北京协和医院国家援鄂医疗队被国家卫健委、人力资源社会保障部、国家中医药管理局授予"全国卫生健康系统新冠肺炎疫情防控工作先进单位"称号。张宏民因在抗击疫情中表现突出，被协和医院党委批准火线入党。

---

① 舍己为人最美逆行者 | 记北京协和医院ICU副主任医师张宏民.首都文明网，(2020-04-03). http://www.bjwmb.gov.cn/xxgk/xcjy/t20200403_974400.htm.

——严旭致妻子、四川省人民医院援鄂医疗队护士吴焰宇

亲爱的焰宇：

你可知道我和孩子有多不想你去武汉前线，毕竟一些医务工作者也被感染了，目前也没有疫苗和特效药，即使做好了防护也如在走钢丝绳一样。当我们的皓皓得知你自愿响应倡议加入四川省人民医院新型冠状病毒防疫梯队并要到武汉前线后，一次次哭得喘不上气，抱着你，抱着我，叫我"劝劝妈妈，做点什么阻止妈妈"。

再联想到当时网络上各种铺天盖地的真假负面消息时，我真的有过那么一念，忘掉什么民族大义强行留下你。当你们医疗队如此迅速地成立并接到待命指令，真的打了我一个措手不及，但我仍然抱着幻想，你们只是待命，也许不会真正过去。

你可知道我害怕影响到你，压住所有情绪，憋足劲，化为动力，陪你通过各种途径筹措、购买你可能需要的用品时，我曾躲在卫生间里不敢发出声音地痛哭了一场，只是没让你们发现。

鼠年除夕夜，皓皓刚睡着，你收到开拔的消息时，我仍然无法接受这个事实。皓皓也许是心灵感应般醒来，忙碌中帮你打包个人物品的我偶然进入皓皓的房间，才发现皓皓一声不吭地穿着薄薄的

一层T恤坐在那不知道已多久了。见到这一幕，从不骂他的我，吼了他，批评他"不懂事，没看到大人在忙吗？还给我们添乱"。

其实当时我是知道的，皓皓很懂事，他醒来后，应该知道你就要出发了，为了不影响我们，默默忍受着寒冷坐在床上，躲在黑暗中透过门缝看着我们一晃而过的忙碌身影。只是当你说天亮后，没时间吃早饭，就要赶到医院帮忙和领取整理装备开拔时，我心中憋着的各种情绪实在控制不住，不讲道理地对着皓皓发了脾气。

为了让皓皓答应乖乖地先睡觉，我也只能像你让孩子答应你去前线一样再次答应孩子的送行请求。然而也只有打包完个人物品，你把头蒙在被子里紧紧抱着我泣不成声时，我才知道，纵然我们都长大了，纵然在同事朋友家人眼中你是一个刚强而能力超群的"吴火箭"，这一次你还是害怕了。从你的呢喃中我听到了"我害怕回不来了，怎么办？"时，我知道你还是15年前我们热恋时的那个小女生，那样单纯、那样脆弱、那样惹人怜爱！

正如武汉那位护士长所说："哪里有什么白衣天使，不过是一群孩子换了一身衣服，学着前辈的样子，治病救人，和死神抢人罢了。"

当然也请你谅解，在第二天送行时，从不在人前落泪的我，也不争气地在你面前哭了，以及虽然在院领导的关心下，本可以多送你一段，但我和皓皓商量了一下，为了不增加你们的负担，中途我们悄悄溜到一边，默默看着你们离开，不辞而别。

你可知道自从你们出征后，已经太久没有看过电视节目的我和孩子，现在一有空闲就会守在电视前，了解疫情的各种信息和动态。

你可知道自从你们出征后，视音乐为灵魂的我，再也听不进任何音符，戴上耳机只是为了不打扰睡梦中的孩子，而悄悄查找来自前线的各种报道。

你可知道自从你们出征后，生活突然变得空洞，我和孩子偶尔露出那转瞬即逝的一丝笑意，也总觉只是空淡罢了。

你可知道自从你们出征后，唯一真正能让我和孩子活跃起来的时候，就是在你换班1到2小时后，收到来自你的平安信息。我知道正如你所说，脱防护服犹如拆炸弹般，但等待的我们并不急躁，我要的只是你们在前线多多救治同胞时也一定要保护好自己。也只有在收到你的信息时，我和孩子才能知道你已安全回到驻地并打开了手机，我们才能真正地暂时安下心来。

你可知道自从你们出征后，这是我第二次与你处于半失联状态中。记得上一次是在2008年"5·12"汶川大地震后，你毅然报名参加对地震灾区受伤同胞的救治，在气性坏疽隔离病房一待就是40多天。

我们中华民族走过了悠久的历史，其间也经历了无数次的磨难，但我坚信，正是因为有千千万万像你们白衣天使一样不惧艰险冲锋在一线的各行各业善良的中国人前赴后继，我们民族才能屹立而不倒！我爱你，我的爱人，因为你有一颗救死扶伤乐于助人的善良的心！有一腔勇于担当临危不惧的爱国热情！我爱你，我的爱人，我爱你善良的心！

亲爱的，领证那天你说我差你一封情书，其实十多年来我一直记着。今天我把它给你，希望它能带给你力量和好运！答应我，一定要好好保护自己，无论遇到任何困难都不要忘记你和孩子拉钩的约定，我和孩子等着你平安回来！

严 旭

2020 年 1 月 30 日

## 【家书背后】

收信人吴焰宇，四川省人民医院感染科主管护师、四川省首批援鄂医疗队员。

2020 年 1 月 25 日晚，大年初一，从成都双流机场起飞的专机降落武汉，

送别现场母子相拥

严旭到出征现场送别妻子

四川省首批援鄂医疗队 138 人到达武汉市江汉区。

26 日上午，国家卫健委医政医管局对医疗队进行了相关培训，培训内容包括防护服穿脱、医疗废弃物管理、消毒管理、一次性医疗卫生用品的审核及使用后处理等。下午，医疗队正式进驻武汉市红十字会医院，全面开展救援工作。

武汉市红十字会医院是一家综合性二级甲等医院，是武汉市卫健委公布的首批新型冠状病毒感染的疑似病例和确诊病例收治定点医院。这里距离疫情核心区华南海鲜市场约 1.5 公里，离汉口站 3 公里。1 月 22 日，该院转移其他病人、腾空病房，专门收治发热病人，并接收了从武汉协和医院转诊的 150 个患者。与此同时，医院自身每天门诊接诊数量，从正常情况下的 800 人次，一下猛增到 2 000 人次，最高每天达到了 2 700 人次，救治压力巨大。

1 月 26 日晚，四川省人民医院援鄂医疗队中 4 名医生、12 名护士，进入接管的病区，接手第一个夜班。武汉市红

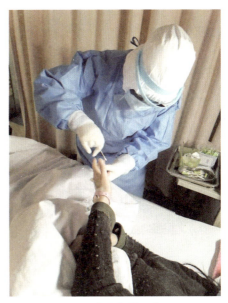

吴焰宇为患者服务

吴焰宇在隔离病区

十字会医院的医护人员看到他们，哭了，说终于等到援军了。他们接手了该院ICU 的 9 张床位和普通病房的 38 张床位。"最开始我们计划是一个值班 8 个小时，但是穿戴上防护之后，难度很大，改成了 4 小时值班。"吴焰宇说，穿上厚厚的防护服，连脚都包裹得很严实，戴上护目镜、面罩，防护口罩勒得很厉害，换班出来一身汗水。同时，患者的治疗护理任务也很重，液体量比较大，几乎

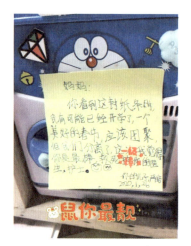

严皓给妈妈写的小纸条

吴焰宇在护理工作中

没停下来过。"值班4个小时，其实算上穿脱防护服，交接班，回到酒店再换一次，起码要多2个小时。"吴焰宇说，大家的工作时间都是日夜颠倒，休息间隔会根据情况调整。

1月27日下午，吴焰宇收到丈夫发来的微信，那是他偷偷拍下的儿子写的字条：妈妈，你是最棒的！

1月30日深夜，在成都守望的丈夫严旭给吴焰宇写下了一封拖了十多年的情书。书信中，严旭讲述了妻子临行前家人的担心，妻子开始前线工作后家人每日的提心吊胆，以及家人的理解与支持。这封情书，不仅是医务人员家属的心声，更是对所有白衣天使的致敬。

谈起这封情书，吴焰宇说："把患者当亲人一样真情对待，帮助他们尽早走出病房，就是对丈夫情书最好的回复。"

2月6日，由共青团中央、新浪网、四川音乐学院共同发起的公益歌曲《我们心在一起》正式上线。《我们心在一起》邀请到约百名各界名人参与合唱录制，幸运的是，严旭和儿子严皓作为援助湖北医护人员的家属也应邀参与了歌曲录制。严旭说，"在受到邀请后比较意外，但也很想为武汉、为中国加油。妻子现在在武汉疫情的核心区域，离华南海鲜市场只有1 500米的距离，因为是轮班制，和妻子只能通过留言联系，昨天凌晨5点妻子才回到住处给家里发了消息。通过参与这次公益合唱，我也希望为所有医护人员加油！为各行各业奋斗在第一线的朋友们加油！"[1]

---

① 徐语杨.百名明星合唱版公益歌曲《我们心在一起》发布.华龙网，(2020-02-07). http://www.cqnews.net/html/2020-02/07/content_50803252.html.

# 为什么偏偏是你去武汉呢

——王玮豪致母亲、上海市普陀区人民医院援鄂医疗队护士杜丽平

妈妈：

你好。当我在写这封信的时候，你已奋战在疫情第一线武汉金银潭医院。

从春节前新闻报道中得知新型冠状病毒疫情在武汉肆虐，武汉人民急需全国其他省市医务人员支援时，我心想：这种任务应该不会落在你的头上，你们医院有那么多护士，不会偏偏选中你的。可我万万没有想到，你已在医院动员后主动报名参加，这还是稍后爸爸告诉我的，是你为了不让我和奶奶担心。23日晚你还让爸爸取消了春节期间出游计划，说怕疫情会影响到奶奶。直到1月26日，你说要去中山医院参加培训，我才感觉你真要去支援武汉了。"为什么偏偏是你去呢"，我心怦怦地跳，泪水夺眶而出。我感到害怕，万一你感染病毒……我不敢再想。

晚上见到你回家，我追着你问，"妈妈，你是真要去武汉了吗？""是的，非去不可。""为什么呀？"你一把抱住我说："现在武汉疫情严重，病患严重增加，当地的医生和护士已无力应对，妈妈虽然只是一名护士，也能出点绵薄之力，大家同为中国人，岂能见死不

救？"听妈妈这么说，我内心开始慢慢平静下来，学习的时候，看见过"一方有难，八方支援"，现在我开始体会到这句话的含义。"那妈妈你什么时候能回来？"你说"不知道"……

妈妈你走得好匆忙，第二天又是去医院准备医护用品，又是准备行李，还要小睡一会。医院告知你随时可能会走，看到你在休息，我不忍心打扰你，本来有很多话想对你说，可你又没时间。下午四点多你一接到电话说，"今晚7:07分在上海南站坐火车连夜赶去武汉"，你连晚饭也顾不上吃，就匆匆赶去医院和同事会合。"你要保护好自己！"看着你踏出家门，我强忍着泪水与你挥手告别。

妈妈，我写这封信是想对你说："我爱你妈妈，我希望你能快点安全回家，我需要你的陪伴，我会一直默默为你加油，相信你和你的同事都能一起凯旋，中国一定能战胜疫情。当你归来时，我和爸爸一起去接你，妈妈加油！"

儿：王玮豪

2020 年 1 月 30 日

## 【家书背后】

当疫情来临时，每一位医护人员既是冲锋在前的白衣战士，同时也是父亲、母亲、儿子、女儿，是家人的依靠。许多走上前线的医护人员都是主动报名的，当他们做出"去武汉"的决定时，内心经历了怎样的矛盾和挣扎？从这封小学生的家书我们可以看到一位援鄂医疗队员出发前的家庭状态。

杜丽平是上海市普陀区人民医院外科一名专科护士，从事临床护理工作17年。当得知要组派医疗队援助武汉时，她立即取消了全家春节旅游计划，主动请缨，1月27日作为上海第二批援鄂医疗队的一员踏上征程。

杜丽平（左）与医疗队战友

1月30日，杜丽平的儿子、普陀区万里城学校五年级小学生王玮豪给正在武汉市金银潭医院奋战的妈妈写了一封信，信中表达了对妈妈从不舍、担心到支持、鼓励的复杂情感。实际上，妈妈在武汉抗击疫情的这些天，玮豪一下子长大了，学会了许多家务活，比如叠被子、洗衣服、扫地、拖地、切肉、做菜……

"这些天，妈妈从武

王玮豪与奶奶、爸爸

王玮豪写给妈妈的信

汉发微信或者打电话回来的次数很少、时间很短，每次只能长话短说。有时候会非常想妈妈，但是我知道妈妈在那里一定忙得不可开交。我不想妈妈牵挂我们，只希望她注意休息，保重自己。"[1]从小到大，王玮豪从来没有跟妈妈分别这么久，总是忍不住想妈妈，但又不敢打扰。

杜丽平的婆婆仲桂英也非常理解和支持儿媳，并帮助儿子一起将这个小家打理得井井有条。儿媳离家后，曾是一名教育工作者的仲桂英主动承担起了孙子的课业辅导工作。同时，仲桂英还积极参与社区志愿服务，协助居民区做好异地返沪人员信息确认、防疫宣传劝导等工作，希望为抗击疫情贡献一份力量。

---

① 万里街道.你在一线战斗，我们在后方助力！.上海普陀万里街道网站，(2020-02-06). http://www.shpt.gov.cn/wljd/tpxw/20200211/472244.html.

# 为你的进步感到骄傲

——许光辉致儿子、上海市东方医院援鄂医疗队护士许诗琨

诗琨儿子：

见信好！你在武汉抗击新型冠状病毒肺炎的工作中辛苦了。今天欣闻你在战胜新型冠状病毒肺炎前线战斗中向党组织递交了入党申请书，我由衷地为你感到高兴，作为有二十四年党龄的老党员，为你的进步感到骄傲。

记得你在儿少时，父亲有两件事情至今记在心上，感到愧对于你。我们老家在安徽省六安市霍山县，每逢春夏交接季节台风来临之际，冷暖气流与台风遇合，暴雨猛下，河水泛滥，水库水位陡涨。1991年盛夏，那时你才四岁，由于汛情严重，霍山县粮食局响应县人民政府号召，组织局机关青年成立抢险队，按应急预案，淮河河堤值班守护，24小时值班。当时爸爸考虑到都要参加防汛，把你送到大别山东深山区单龙寺外公外婆家，直到汛情结束才将你接回来。第二次是1998年盛夏，那是你小学四年级期末考试，由于淮河水位高涨，老天接连下了十几天大雨，爸爸在单位报名参加了党员突击队，在淮河河堤奋斗了两天两夜，装沙袋，抬沙袋，堵管涌，也没时间陪你复习迎考。深深地感到愧对于你。

作为一名老党员，希望儿子你在武汉参加新型冠状病毒肺炎前线，一定要冲锋不止，战斗不息。作为年轻的医务工作者，救死扶伤，实行革命的人道主义，视病人为亲人。孩子，爸爸工作的日子到今天，明天就光荣退休了，已经办好了交接。明天我就可以安心地给你们带孩子，做一些力所能及的家务，你安心在武汉工作，积极向组织靠拢，在这同时也要保护好自己，等待你平安归来，等待你们胜利的捷报。

父亲：许光辉

2020 年元月 31 日

## 【家书背后】

2020 年 1 月 24 日除夕夜，由 136 名医护人员组成的上海市首批援鄂医疗队出征，紧急驰援武汉。作为同济大学附属东方医院（上海市东方医院）的一位急危重症护士，许诗琨随队援鄂。

1 月 26 日大年初二下午两点半，上海市援鄂医疗队正式进驻并接管武汉市金银潭医院北 2 楼普通病房和北 3 楼重症监护病房。

从医 11 年，这是许诗琨头一次全副武装地穿防护服。用他的话来说，整个人包裹得严严实实，刚穿完

许诗琨在武汉市金银潭医院留影

就要晕倒了。可投入工作后，那种紧张感让他很快忘记了穿上防护服后的不适。"病人和我们的心是在一起的。"

1988年出生的许诗琨除了是同济大学附属东方医院急诊科的护士外，还是中国国际应急医疗队（上海）成员，他参加过2015中俄地震灾害卫生应急联合演练，也参加过数届上海国际马拉松赛医疗保障。

许诗琨值大夜班的第一个夜晚，是1月28日（正月初四）0时到8时，他作为责任护士要护理4位病人，并协助其他7名护士、3位医生工作，他们团队总共照顾28位病人。患者基本上都病情危重，其中16人需上无创呼吸机。

"这一夜，刻骨铭心！"许诗琨说，2名病人的血氧饱和度突然下降到四五十，经过全力抢救终于缓解。

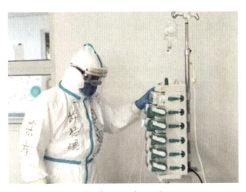

许诗琨正在工作

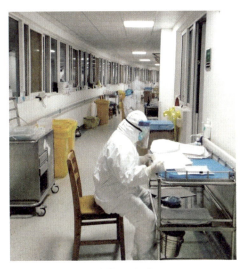

工作中的许诗琨

他们一刻不停地检视屏幕、连接管、各种仪器和病人动静，他们的心律、呼吸、脉搏、血氧饱和度，哪一个都必须高度警惕，静脉通路必须保持畅通，呼吸机必须畅通。

"太吃力了！穿上防护服，行动不便，戴上眼镜，东西看不清、看不准，打针不利索，8个小时没上厕所。下班走出医院后，我才敢戴着口罩深吸冰冷的空气。"[①]许诗琨说，因为防护物资紧缺，大家都不敢上班时脱防护服，不想因为吃点饭、上次厕所就浪费两套防护服。后来医护方案调整，一个班也从8

① 附属东方医院.金银潭一月：不斩楼兰誓不还——同济大学附属东方医院护士许诗琨的心路历程.同济大学新闻网，(2020-02-23). https://news.tongji.edu.cn/info/1003/72752.htm.

许光辉给儿子的信

小时改为 4 小时，这才让医生护士们的精神压力大大缓解了。

家人的支持是许诗琨坚强的后盾。1 月 31 日，他的妻子夏江临也给他写了一封家书："你走后我开始怪自己为什么没有多跟你讲话，多嘱咐你注意安全，还有我多么为你自豪……我总不承认你说我慢热，这次，是赖不掉了。"3 岁的儿子发来一段短视频，笑着对镜头说："爸爸去武汉打怪物了，爸爸真勇敢！"

1 月 31 日晚上 10 点半，许诗琨从武汉市金银潭医院下班，经过大门口时忍不住拍了照片，他在朋友圈写道："我已经适应了这里的工作，希望我们的病人都能尽快康复！武汉加油！！！"。[①]

3 月 7 日，许诗琨和上海各医院的 16 名战友一起，庄严地举起右手，宣誓入党。

4月14日，妻子和儿子来接许诗琨回家

许诗琨的朋友圈截图

① 上海家人写给同济援鄂护士两封家书："你好，家就好；你好，前方的病人就好".澎湃新闻·澎湃号·政务，(2020-02-01). https://www.thepaper.cn/newsDetail_forward_5723775.

# 亲戚好友都说你是勇士

——父母致女儿、广西医科大学第一附属医院
援鄂医疗队医生万裴琦

裴琦儿：

你随医院勇士大军开赴湖北火线战场好几天了。本想早日发个短信了解下信息的，但由于微信打不开而夭折了。

我原来以为你气力那么软弱，生活环境改变了，天寒地冻，环境恶劣，能否撑得呢。心里嘀咕着！

开始我们对这形势都是有点一头露（雾）水不知天的，心里感到渺茫。万昊在你出发后那夜过来吃饭，因为发热到39度，他爸妈有点情绪不稳，我都有点惊，因他刚从香港回来。饭后他们去看医生，有个护士看后叫去四医院看看，接着一个医生看了，说不是的。他回家上点药后，体温降下来了。这都（让）他们我们捏了一把汗！

你向老妈回报一些信息后，我们心头凉了下来！我觉得你还是有气概的。乡亲兄妹亲戚好友都说你是勇士，有气质！

我说你还是要认认真真保护好自己！

要吃好饭，注意营养。不（要）像在家那样，要吃不吃！

要注意休息，不要像在家那样经常熬夜！

祝早日胜利归来！

老爸妈写

2020 年新春初八

## 【家书背后】

万裴琦

万裴琦，2001 年毕业于桂林医学院临床医学专业，现任广西医科大学第一附属医院感染性疾病科副主任医师，中共党员。2003 年"非典"来临，她和同事每天都要接诊疑似病例，还要照顾重症患者，坚持战斗了一个月。

2020 年 1 月 26 日，万裴琦作为广西首批援鄂医疗队成员之一，出发前往武汉。来到武汉后，万裴琦在黄陂区中医医院担任十楼普通病区的医疗副组长，

万裴琦（右）和黄陂中医院同仁
讨论协商解决问题

万裴琦（左）和黄陂区中医医院医生
通过笔纸交流

负责病房的医疗工作、查房、临床人员的排班，以及病房的行政工作，同时担任广西援鄂医疗队临时党总支部组织委员，负责广西医疗队队员在武汉前线入党的组织工作。

在武汉奋战的 45 天里，广西首批援鄂医疗队分 3 批共发展新党员 73 名。这背后是广西首批援鄂医疗队临时党总支部的细心工作。万裴琦见证了最美逆行者入党宣誓的光荣时刻。

与疫情赛跑的日子，从来都是充满危险却又分秒必争的，作为女儿的万裴琦却从未

万裴琦在隔离病区

向在南宁家中的父母坦露一句，而心里牵挂女儿的爸爸妈妈也不敢随意打电话打扰。2 月 1 日，83 岁的老父亲，在微信里一字一字为女儿写下了一封家书。儿女再大，在父母眼中都是孩子。"要吃好饭，注意营养""要注意休息，不要像在家那样经常熬夜！"一字一句的叮咛，让人深切感受到满满的父爱。

父亲发给万裴琦的信

万裴琦与父亲

3 月 12 日，广西首批援鄂医疗队接到原地休整的命令。45 天里，万裴琦为收到父亲饱含爱与牵挂的微信而惊喜，为错过女儿的 8 岁生日而遗憾，为收获武汉人民深深的感谢与祝福而感动和幸福。

## 你是我们家的英雄，
## 我们家的骄傲

——黎福清致儿媳、株洲市中心医院援鄂医疗队护士傅艳萍

儿媳：

你去湖北黄冈抗疫已有几天了，还好吗？我们全家都在挂念你。我们守在电视机前看新闻，就是想看到你穿着防护服战斗在第一线的镜头，哪怕是一个侧面，一晃而过的身影，也会给我们无限的安慰。

你主动请缨，前往疫区，战斗在抗疫最前线，你是我们家的英雄，我们家的骄傲。

农历除夕，红灯高挂，在阖家团圆的年夜饭上，我才知道你已主动请战了。这是一个沉重的话题。为了不破坏过年欢乐的氛围，年夜饭上我没有提起这件事情，但看到你的表情，轻松淡定：照样和家人一起举杯、带着孩子为爷爷奶奶拜年、布置孩子的表演节目朗诵唐诗……小孙子拿着红包欢蹦乱跳。家是多么温馨，平和的时光是多么可贵！而你在即将上前线之时，处变不惊，沉着镇定，看得出你是一位有战斗经历的"老兵"，有着良好的心理素质，有着高尚的职业道德情操。

有人劝你说：你是独生女，上有八十多岁的老人，下有读小学的孩子，还有中风偏瘫的婆婆，家务事情一大堆，让别人去吧。你坚定地说："我是一名护士，一名救死扶伤的白衣天使，这是我的工作和责任！"

小傅，你到我们这个家已经12年了，12年的12个除夕，你都是在医院度过的。为了照顾你的工作，为了大家能在一块吃餐团圆饭，我们大多把年夜饭时间安排在中午，有时安排在晚上也是将时间推迟。每次你都匆匆从医院赶回，和家人吃了团圆饭，又匆匆而去，临走时还要把饭菜打包带回医院，你说："还有同事没有吃饭呢！"

小傅，在株洲市中心医院《我们，出征！》的宣战书上，我看到了你的签名，看到了你摁着的红色的手印。这手印，是一团燃烧的火，是一颗爱家爱国爱人民的赤诚的心！

敬佑生命，救死扶伤，甘于奉献，大爱无疆。你用实际行动证明着自己庄严的承诺。

小傅，希望你在前线，勇猛"杀敌"，家中的事情不要挂念，我们会安排好。此时你妈正在佛前烧香，为你祝福，愿你平安归来。你儿子，聪明活泼的尚尚，正在朗诵《送瘟神》。我相信，有党的领导，有优越的社会主义制度，全国人民团结一心，众志成城，一定会打赢这场没有硝烟的战争。你要好好地保护自己啊！切记！切记！

正当我写完这封信时，收到你火线入党的消息，我们全家人为你鼓掌，为你高兴，表示最亲切、最热烈的祝贺！

祝你捷报频传，早日凯旋！

黎福清写于株洲梦瓶斋

2020 年 2 月 2 日上午 10 时

**【家书背后】**

　　2020 年 1 月 25 日，大年初一，由 137 人组成的湖南省首批援鄂医疗队出发，当夜抵达黄冈。这支队伍中，有 75 名医疗专家来自株洲，株洲市中心医院的护士傅艳萍就是其中一位。

出征仪式

傅艳萍说，在去高铁站时，很多素不相识的旅客知道他们的行程后，冲他们竖起了大拇指，甚至流下泪水。一路上，有过对未知的恐慌和焦虑，更有对家人的担心和牵挂。

其实，每位队员都是克服了许多家庭困难踏上征途的。傅艳萍在出征当天的"战地日记"中写道：

2020 年 1 月 25 日 21:00 左右，我们到达了武汉车站，在工作人员的安排下，我们坐上专用大巴去黄冈，直到夜里 11 点多才赶到黄冈。感染内科副主任谭英征和我聊起，他的爱人十分反对他来支援，和他大吵了一架，哭了两天。为此，他一直在做爱人的思想工作，家里年也没有过好。因为走得突然，他无法照顾母亲，只能麻烦姐姐从老家开车来接母亲。聊天的时候，我们俩都几度落泪。创伤骨科的护士长朱娟玲老师和我说她是骗了她的儿子，怕儿子不同意，就说是去渌口县人民医院集训。儿子知道后，打电话给她，不但没有责怪她，反而非常支持她，搞得她内疚不已，后悔不该对儿子撒谎。①

首批赴湖北抗疫前线的株洲市中心医院医疗队全体队员的军令状，上面有傅艳萍的签名、手印

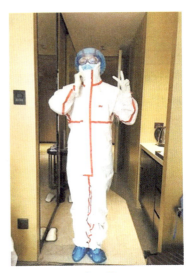

傅艳萍

2月2日，傅艳萍7岁的儿子黎明哲给妈妈写了一封信，还录了一段暖心视频，发给在湖北抗疫一线的母亲：

---

① 方大丰.一则日记一封家书.工人日报，2020-02-08.

　　我好想你赶快回家陪我，但爸爸跟我说你去武汉救险去了，先有国家再有小家，xī wàng（希望）您 dǎ bài bìng jūn（打败病菌），早点回家。我已经是个男子汉了，会照顾好自己的，你放心吧……

　　黎明哲小朋友是株洲市天元区泰山学校一年级学生。信件中，许多字他不会写，选择用拼音代替。视频中，他给母亲背诵了一遍自己的信，并朗诵了毛泽东的诗作《送瘟神》，鼓励大家一起抗疫。

　　黎明哲说，他很想妈妈，但妈妈去了武汉救助病人，就像战士上战场一样，是一定要去的。他要像妈妈一样勇敢，在家好好学习锻炼，希望妈妈早日战胜疫情，胜利归来。

　　傅艳萍 83 岁的公公黎福清也给她写了一封信。黎福清老人说，在黄冈，儿媳傅艳萍每天都很忙，他们不忍打电话、发微信，因为小傅根本没有时间看。他们每天都会守在电视机前看新闻，看疫情播报，就是想看到儿媳穿着防护服战斗在第一线的镜头，哪怕是一个侧面或一晃而过的身影，也会给全家人带来安慰。老人说，儿媳是主动请缨前往疫区的，她是一家的英雄，家人的骄傲。

　　"相信我们，我们定会不忘初心，牢记使命，圆满完成阻击疫情的重任，凯旋株洲，和大家团聚。"傅艳萍说。

黎福清写给儿媳傅艳萍的信

# 在那个最危险的地方有我最牵挂的人

——王俊伟致妻子、西京医院解放军援鄂医疗队护士王小娇

小娇：

见字如面。大年三十凌晨 2 点，你看到微信群里在问：有没有自愿报名去支援武汉抗疫的同志？当时你第一时间就跟我说你要去，还问我行不行。我看你的眼神和表情就知道这事没商量。你就是在给我下通知！说真的，我是真佩服你，佩服你的勇敢，佩服你的无私。这几天我无时无刻不在关注着新冠肺炎的最新发展情况，只因在那个最危险的地方有我最牵挂的人。容我把家里的情况向你汇报一下。

家里一切都好，我们的闺女也很乖，虽然刚休假回来和她不是很熟悉，但近来陪她做游戏、玩玩具，我们很是亲近，时常也会给你发秀爱照片不是。知道你去前线和病毒打仗了，女儿很是崇拜，所以这些天把《三字经》都快背完了，就等着你回来检阅了。晚上睡觉也挺乖的，玩一会儿听听我讲的故事就睡着了，没哭也没闹。她是长大了，也懂事了。

除夕那天没顾得上给你买保暖衣服，我内心一直很自责，幸好你托同事在那边买到了，这才让我心里舒服些许。武汉天气挺冷的，

看天气预报，这几天最低温度都在零度以下，切记把羽绒服穿起来，还缺什么发我消息，我必千方百计送到你手上。

再多说一句，重症监护室里特别容易被感染，防护工作一定要做好，勤洗手多喝水，自己也注意点身体！家里有我呢，放心！院领导和科室代表来家里慰问，有什么事情医院都会有人帮忙解决。

世间有很多美，最美莫过正能量，不需要慷慨激昂，不需要高喊口号，在这抗疫之战中，坚定逆行，放弃团圆，你就是最美正能量！媳妇加油，武汉加油，中国加油！我和孩子等你平安回家！

俊伟哥

2020 年 2 月 5 日

## 【家书背后】

写信人王俊伟，解放军驻四川某部助理员，有着 16 年军龄、11 年党龄。收信人是他的妻子、驰援武汉的空军军医大学援鄂医疗队队员、西京医院老年病科护士王小娇。

王俊伟与王小娇结婚 5 年，丈夫长期在外服役，两人两地分居、聚少离多。今年春节前，王俊伟告诉妻子临时休假回家过年，听到这个消息，一家人每天都数着日子，希望时间过得再快一点。终于盼到回家的这一天，父母驱车从老家赶到西安，只为这来之不易的团圆年。

除夕之夜，接到组建医疗队的通知后，王小娇第一时间报名参战。妻子

王小娇

王小娇在病房工作

出征后，王俊伟发去了这样一段话："夜下开拔武汉，心中满是牵盼。虽有太多不舍，总要有人挺身，祝愿我的爱人平安归来！"

王小娇在战地日记中写道：

出征前科室领导、护士长、同事来送我，为我加油打气，让我很是感

王小娇在工作中

动更是感激，心中少许余忌一扫而空。老公开玩笑说"人家都流眼泪，你怎么一滴眼泪都没有"，其实我心里也是不舍，眼泪在眼眶里打转，但是我必须克服，我怕大家看见我流泪，心里更难受。主任、护士长看出了我的心思，不停地嘱咐我："小娇，一定要做好防护，我们等你凯旋，家里有什么困难一定及时给我说。"姐妹们也是含着泪水与我一一拥抱道别。爸爸在电话那头叮嘱我："年轻人要有担当，但是做好自身防护才能救治更多患者，一定要多吃饭，注意休息，提高自身免疫力。"①

抵达武汉后，因为经验丰富、业务能力较强，王小娇被分配到武昌医院重症医学科及火神山医院感染三科二病区工作。"危急时刻支援武汉，是我作

① 章文．"武汉日记"（9）"请大家放心，我一定圆满完成任务"．《光明日报》客户端，(2020-01-30). https://news.gmw.cn/2020/01/30/content_33513186.htm.

为一名有着 10 年临床经验的医护人员义不容辞的责任，我要为深陷困境的武汉人民尽一份薄力。"[1] 王小娇说。在重症监护病房，王小娇与队友们坚守在救护一线："每一名患者都在经历生死考验，他们的内心是脆弱的，没有家人的陪伴与照顾，他们唯一的依靠就是我们。"王小娇说。

王小娇在开赴武汉的专机上

收到丈夫的来信，王小娇有些惊喜。她说，家人的支持让她无比感动，但也有深深的愧疚："孩子好不容易等到爸爸妈妈一同在身边，可这小小的幸福瞬间消失了。但作为医护人员，职责所在；作为文职人员，使命担当；作为党员，更要冲锋在前。无论哪一个身份，我都义无反顾。"[2]

---

① 秦骥.他们是最美逆行者，更是无畏的战士——空军军医大学支援湖北医疗队医护人员特写.陕西日报，2020-02-10.

② 田雅婷，常河，章文，等.万家团圆，你在武汉还好吗.光明日报，2020-02-09.

# 一定要平安回来，
## 其他的对我来说不重要

——许洋洋致妻子、安徽省第二人民医院援鄂医疗队护士吴倩倩

倩倩，我亲爱的爱人：

今天是你去援鄂的第 10 天。相恋 6 年，结婚 3 个月，已经记不清上次这么久没见面是什么时候了，也从来没有想过会用写信的方式和你沟通。

今年是新婚第一年，大年三十，我们一起在家过年，想起来，你第一次大年三十不用上班，一切看起来那么一帆风顺。初一晚上，你告诉我医院来了第一例新冠肺炎病人。我的心里咯噔一下，突然感觉疫情近在咫尺。

初二，小雨。晚上，你问我，这次援鄂，能不能报名？我说，只要是你的决定，我都支持！没过几分钟，你告诉我，你已经报名参加了。其实，我当时的心情是复杂的。我担心你的安危，担心父母对你的牵挂，担心的太多太多；我也佩服你的勇气，在闻之色变的疫情面前，你能甘当第一批最美"逆行者"！

初三，阴。你在家匆匆收拾完行李，便去医院集合了。临行前，我们紧紧拥抱。我对你说："注意安全，一定要平安回来，其他的对我来说不重要。"你对我说："好的，我一定会平安回来。"车缓缓地

从医院驶出，慢慢消失在我的视线中，我仿佛看到你的笑容，带着执着；而我，是不安和焦虑。

虽然我们天天视频，但是我呈现给你的都是开心的一面，我不想你在那边辛辛苦苦地工作，休息后我又将忧虑的心情带给你。转眼间，大年初九了！这是你在武汉的第一个夜班，凌晨4点，我给你开视频，我想带给你鼓励、关心，这是我在这边能给予你的最大帮助。我倾听着你工作时的劳累，"防护服湿了""护目镜模糊了""穿上尿不湿了"……这些我在电视上看到的情景，没想到都真实地发生在你的身上。

在疫情面前，大家都是受害者。作为安徽第一批援鄂战士，我确定你能够承担起一线护士的责任！亲爱的，我为你自豪！为你骄傲！

阴霾终将散去，春天即将到来！

我与你约定，待春暖花开时，我们一起携手去看武大的樱花！

爱你的老公：许洋洋

2020年2月5日

## 【家书背后】

收信人吴倩倩，1993年出生，安徽省第二人民医院重症医学科护师。庚子鼠年大年初二，她瞒着父母报名参加了安徽省第一批援鄂医疗队，次日随队征战武汉。

抵达武汉的第二天，吴倩倩就写了入党申请书。她说："所有医护人员都像平时上班一样无所畏惧，忙而不乱，尤其是共产党员给我们起到了模范带头作用。我也想成为他们中的一员。"

工作间隙，她用写日记的方式记下每天的生活。"既是记录特殊时期的见闻，也是向亲友们报个平安。"① 不久，父母从新闻里知道她已经到了武汉，为她自豪，对她表示坚定的支持。

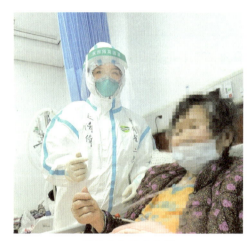

吴倩倩与患者合影

她与许洋洋结婚才3个月，这是小夫妻的第一次分离。2月5日，许洋洋给她写了这封信，让吴倩倩有些意外。"我为你自豪、为你骄傲！"爱人的支持给吴倩倩带来更大的力量，哪怕是在隔离室异常繁重的工作，她也能从容面对，战胜困难。

吴倩倩和同事们被分配在武汉太康医院。"我所在的住院楼3层ICU目前有9张病床，都是危重病人。从患者进病房生命体征测量、吸氧、抽血输液，再到送饭、倒水、协助大小便，工作量比平时多了两三倍吧。再

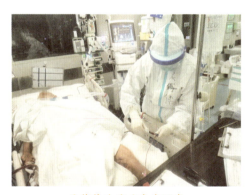

吴倩倩为重症患者服务

---

① 田雅婷，常河，章文，等．万家团圆，你在武汉还好吗．光明日报，2020-02-09.

加上严密的防护装备，对身体、心理和操作技能都是一个比较大的挑战。"①吴倩倩感叹道。

医疗队员们不仅要做治疗护理、生活护理，还要做患者的心理护理和感染控制，甚至垃圾的包装清理、腹泻患者的粪便处理等。因为烦琐的防护流程，吴倩倩的双手终日被消毒液、洗手液、滑石粉浸泡侵蚀着。"手套里有滑石粉，脱掉以后按照消毒隔离标准需要长时间用消毒液冲洗。"短短几天，双手就布满了殷红的裂口。

每日的常规工作结束后，吴倩倩拥有了短暂的私人时间。穿过空旷的武汉街头，回到酒店，她最牵挂的是千里之外的家人。"我一切都好，你们放心吧。"这是吴倩倩每晚跟家人报平安时说得最多的一句话。

吴倩倩与爱人许洋洋

---

① "九朵金花"一线绽放——安徽省第二人民医院支援湖北医疗队展现巾帼力量.安徽省第二人民医院官方微信公众号，2020-03-02.

致抗疫前线的父亲：

我记得那是大年初一的傍晚，一家人正在吃晚饭。您起身接了电话，回来就告诉我说，要带医疗队支援武汉。

最担心的事情还是发生了。

我无论如何也接受不了这个事实，我哭着拉您，劝您，甚至质问您，这不公平！而您，却一直安慰我，语气温和、眼神坚毅。"孩子，你不要难过了。组织信任我、看到我，才会让我承担这一份责任；现在国家遇到了困难，需要有人站出来，我必须站出来。"

那一晚，我的心久久不能平静。我终于还是接受了这个事实，向您嘱咐了一遍又一遍。那一刻，我像个大人，您像个孩子。我和母亲一件一件地往您行李箱里放东西，反复地清点，生怕您受了委屈。第二天，您和平常的日子一样，悄悄地离开了。

作为医生的孩子，我从小都陪着你们上下班。你们工作繁忙，医院，便成了我的第二个家。我埋头做着作业，您埋头看着文件。今年寒假，我在家休整了几天，便开始了"陪班"的"光荣传统"，听到一波波人来了又去、去了又回，听到你们的交流、争论甚至争吵，听到交替穿插响着的手机与办公室座机的铃声。我从来不说话。您与我像是隔在了两个世界，您那边兵荒马乱，我这边岁月静好。而我能做的，也只是在您下班之后对您说一句："爸爸，您太辛苦了！"走廊寂静无声，您总是朝着我疲惫却又温暖地笑一下，就像一个凯旋的勇士。您对疫情的紧张与担忧一天甚于一天，也变得异常忙碌。那段日子，您总是眉头紧锁，一见到我，便反复叮嘱我一定要戴好口罩、要勤洗手，不能掉以轻心。有时候，您一出办公室就是一整个半天，偶尔在饭点打来一个电话，或是在中午匆匆忙忙回趟办公室，然后又消失得无影无踪。

而如今，您身在武汉，我们的心却紧紧地贴在一起。

您暂别我们已经有十天了吧。在这十天里，我们一直挂念着您。和您聊天时，我们避而不谈工作上的事情，多是叮嘱您注意休息，调整情绪；和您的视频通话只有一次，被您那边的电话和时好时坏的网络断断续续切成了几段。

从那以后，我们开始留意各种可能与您有关的新闻。我和母亲在报道中看到您很多次，把每一个报道来回看好多遍，每每看到您坚定的目光或者是挺拔的背影，悬着的两颗心就稍稍安定。

从那以后，我渐渐学会照顾好自己。平日里，我尽量减少出门次数，出门戴好口罩，回家按照正确的方式洗手；习惯在家点外卖的我开始学着自己做饭，密切关注疫情动态并会在亲戚群里及时转发辟谣推送，在这没有硝烟的战争中贡献自己的力量。

从那以后，我懂得了很多事情。我看到无数和您一样在一线奋战的英雄们，我看到全国十几亿同胞心与心相连，我看到疾病被一点点驱散，我看到人们的脸上渐渐露出希望——我们这个时代像钻石一样珍贵的东西。而您，而你们，创造了希望，也守护着希望。通过您的事迹，我感受到了责任和担当，身为学生的我们，应该从我做起，积极配合防疫，尽量减少外出活动，注意个人防护和手部卫生，主动做好健康监测与就医，保持良好卫生和健康习惯，做好自我调适与自我管理，保持镇定心态，建设积极情绪。我们相信，疫情定会过去，春天终会来临。

爸爸，谢谢您！您是我们的骄傲！

女儿：昊明

2020 年 2 月 6 日

## 【家书背后】

2020 年春节前，新冠肺炎疫情暴发，陕西省卫健委发布紧急动员令，在全省范围内选拔抽调一批医护人员驰援武汉。"我是一名共产党员，这次疫情，我不上，谁上？！"当得知医疗队急需一名牵头负责人时，陕西省人民医院副院长、多年从事医院感控管理的专家易智，主动请缨。

陕西省首批援鄂医疗队集中了陕西省 52 家医院的重症、呼吸、感控等专业的 137 名医

1 月 26 日，易智作为陕西首批援鄂医疗队队长接过队旗，牵队出征

护人员，由易智担任队长，于 1 月 26 日奔赴武汉，全面接管武汉市第九医院重症、危重症病区。

陕西援鄂医疗队协同武汉市第九医院的医护人员对医院进行了考察，第一时间划分改造病区，并制定了严格的院感管理流程，对 137 名医护人员进行了严格的个人防护技术培训。3 月 20 日医疗队完成任务返回陕西，137 名医护人员无一人感染。

医疗队接管的危重症患者多为老年人，患者在患有新冠肺炎的同时，往往还有糖尿病、高血压、冠心病等病症，救治难度较大，救治周期普遍较长。在武汉奋战的 55 天里，医疗队的每一位队员都在加班加点，竭尽全力照料、救治患者。易智说："通过这次疫情，我们应该进行总结，我们一定要建立和强化城市的公共卫生管理体系建设，提高城市治理能力，提升群众传染病防控意识，避免类似的重大突发公共卫生事件再次发生。"①

2020 年 9 月 8 日，在全国抗击新冠肺炎疫情表彰大会上，易智被授予"全国抗击新冠肺炎疫情先进个人"称号。

易智的女儿易昊明是中国人民大学公共管理学院 2018 级本科生，她写给

父亲的这封家书，让我们了解到作为一名医生的女儿，在父亲走上前线时的感受，从难过、哭泣、接受不了，到冷静、理解、心心相印，其中既有父女温情，也有模范效应。在全国共抗病毒的大潮中，在父亲作为一名共产党员舍小家为大家的责任与坚守中，这位新时代的青年受到了心灵的洗礼。

2020 年 9 月，易智荣获"全国抗击新冠肺炎疫情先进个人"和"全国优秀共产党员"称号

---

① 李欧，马琪. 陕西省首批援助武汉医疗队队长易智：以新冠肺炎疫情为鉴 加强城市公共卫生管理体系. 中央广电总台国际在线，(2020-03-25). http://sn.cri.cn/n/20200325/690fce10-8da6-f1ce-ecad-7323817be162.html.

# 没想到柔弱的你 今天却先上了战场

——胡清强致妻子、北京大学第三医院国家援鄂医疗队护士李娜

李娜：

今天是你到武汉的第13天，儿子每天早上醒来的第一句话就是："今天是我妈去武汉的第多少天？还有多少天回来？"在这13天里，对你的担心，随着不断攀升的确诊人数与日俱增。这些天你感觉到我的担心，总说没和我商量就报名参加了医疗队，实在对不起。其实，听到你说26号去武汉的时候，我一点也不感到意外，因为面对肆虐的疫情，面对祖国和人民的召唤，这是一个经验丰富的医护人员的无悔选择。

在疫情暴发之初，每每看到武汉抗击疫情一线的医护人员无惧生死、日夜奋战，你热泪盈眶；在单位看到年轻的护士接诊发热病人时紧张的神情，你心急如焚。你总是说"苟利国家生死以，岂因祸福避趋之"，一名医护人员的责任与使命让你热血沸腾，你就像一名练兵千日的战士一样，随时等待冲锋的号角。

大年初二是陪你回娘家的日子，而今年的大年初二，你和你的同事奉命出征了。望着你的背影，我的内心久久不能平静，因为曾经是军人的我，梦想有一天能上（战）场杀敌、为国效力，没想到

柔弱的你今天却先上了战场，实感惭愧。不怕你笑话，我是一路流着眼泪回到家的。不是因为担心你，而是看到你们医疗队员一个个义无反顾地走向战场，将要用自己的血肉之躯同病魔做殊死搏斗，把一个个患者从死亡线上拉回来，不禁让我想起那句"哪有什么岁月静好，只是有人替你负重前行"。

这些天，你们单位领导和工会对咱家也非常照顾，先后送来了蔬菜、食品和水果，我们单位也没有安排我值班。你走之后，儿子像变了个人一样，自己安排时间学习，帮忙干家务，看护妹妹；闺女也开始一刻不停地黏我，真不知道我去囊谦挂职的3年多时间里你是怎么过来的。家里老人也挺好的，就是担心你，有时间多给他们报报平安。同时，你要注意做好个人的防护，"身体是革命的本钱"，只有自己防护好了才能救助更多的患者。再过一会儿就是元宵节了，提前祝你元宵节快乐，盼你和同事们早日战胜疫情，平安归来。

你的强哥

2020 年 2 月 7 日

## 【家书背后】

写信人胡清强，在光明日报社计划财务部工作，是两个孩子的父亲。春节前他刚刚结束3年多的挂职生活，从平均海拔4 000米的青海省玉树州囊谦县回到阔别已久的家中。过一个和和美美的团圆年，是他们一家期盼已久的事。

北京大学第三医院首批国家援鄂医疗队出征前和送别人员在首都机场合影

离家3年，儿子今年要小升初，女儿两岁了。2020年1月26日，大年初二，作为呼吸科的一名护士，妻子李娜参加北京大学第三医院首批国家援鄂医疗队出征武汉。这个年，又不能团圆了。

孩子们从没离开妈妈这么长时间。在李娜

胡清强、李娜一家四口

奔赴武汉的第7天，儿子含泪给妈妈写了一封信，他说，这一周过得很漫长，虽然妈妈每天都会来电话报平安，告诉我们一切都很好，可我仍然很担心她的身体安全。孩子还每天关注新闻，看到医护人员都没时间休息，他非常心疼。

胡清强说，这段时间，小家伙仿佛一下长大了，懂事了。他在信里告诉妈妈，妈妈是自己的榜样。妈妈不在家的日子里，他会自己安排好学习时间，帮

李娜（右二）与同事在武汉前线

李娜在一线工作中

助爸爸照顾妹妹，成为真正的男子汉。①

李娜是一位有着 15 年工作经验的呼吸科危重症专科护士，她勇于承担重症护理工作。2 月 6 日，她在日记中写道：

凌晨 00:45，突然醒了，因为要上夜里三点的班，所以心里总是担心睡过。工作 16 年了，没别的，就是怕迟到，上错班。

静悄悄的夜，醒来再也睡不着。来武汉已经 11 天了，53 床的爷爷不知道现在怎么样了，待会儿去看看他。记得第一次看见他时，他半坐在床上，精神不太好。左边是一盒未打开的饭菜，我问他要不要吃饭，他没理我。他刚打过胰岛素，应该吃点东西，于是我又说："喝点儿酸奶吧，爷爷。"他依旧没理我。后来想到他正在使用经鼻高流量吸氧，可能是大夫告诉他不能说话，我又问："您这么坐累不累呀？"他竟然开口说话了，他说"摇床"。哈！终于找到他的需求了。

在这里我必须保护好自己，才能救治更多的病人。儿子每次打电话都会问我：妈妈，你今天救治几个病人？我告诉他，妈妈是和很多叔叔阿姨一起工作，救治了很多病人，医生看病人下医嘱，妈妈和其他护士执行医嘱，这里还有许许多多人在默默工作。

01:10 集结号再次吹响，我要上夜班了，加油！②

① 田雅婷，常河，章文，等．万家团圆，你在武汉还好吗．光明日报，2020-02-09.
② 北大再派 334 名医护人员驰援湖北．新京报，2020-02-08.

胡清强写给妻子李娜的信

2月7日夜，胡清强给李娜写了一封信，介绍了家里的情况，亲切话语中表达了对妻子的赞赏和坚定支持。李娜收阅此信，内心踏实了许多。

2月8日元宵节当天，北京大学第三医院国家援鄂医疗队正式独立接管新病区，李娜主动请缨，带领第二护理小组承担起第一批危重症患者的入院接收工作。短短几个小时内科学有序接收17位危重患者，圆满完成第一批病人的医疗护理工作。

3月9日下午三点，北京大学第三医院国家援鄂医疗队临时党总支在武汉驻地召开预备党员接收大会。李娜与其他3位同事一起，因在武汉抗疫前线表现突出，被批准火线入党。

李娜在发言时说："今天是个特殊的日子，是我获得政治生命的一天。我会永远记住这一天的。作为第一批国家援鄂抗疫医疗队队员，我今天终于有机会加入中国共产党这个先进的组织，心情既激动又忐忑。榜样的力量是无穷的，我身边许许多多有理想有担当的党员干部用他们的实际行动深深地影响着我。气管插管是一项离病毒最近的工作，听到的都是'我先来'，我有着15年的呼吸科危重症病人的护理经验，从此以后我也可以骄傲地说'我是党员，我先来'。"①

---

① 郭婧博.北京大学第三医院国家援鄂抗疫医疗队四位队员一线入党.北京大学新闻网，(2020-03-10). http://pkunews.pku.edu.cn/pub/pkunews/xwzh/e0d9e58e36a841e1a4c5c3d5794c59a6.htm.

# 我看到他背着我在厨房默默哭了

——母亲致儿子、上海市岳阳医院国家援鄂中医医疗队护士顾羚耀

亲爱的儿子：

见字如面！自大年夜你收到医院通知，去武汉参加抗击新型冠状病毒肺炎疫情已经过去十多天了，你在那边过得好吗？爸爸妈妈很想你！

还记得那天我们全家人在家吃着年夜饭，你突然接了个电话，跟我们说你要去武汉支援前线去了，我和你爸当场就懵了，因为之前完全没听你说过这个事情。直到你走出家门，我都没有缓过劲来，还没理清头绪，你就已经踏上去机场的路了。

对于这次你报名的事情，我和你爸说不担心是不可能的。但我知道，从小到大只要是你决定的事情，别人再怎么劝也是没用的，就像当初你选择去外地读书一样。送你去机场回来的路上，你爸就一个劲地安慰我，说"儿子是去做好事，我们不要老是哭哭啼啼的，给儿子添乱，让他工作不安心"。妈妈知道你是怎么想的，你从小就助人为乐，又重感情，你放心不下武汉的同学们。自2014年你去武汉科技大学念书，在武汉一住就是4年，除了上海，那儿你待得最久，你那些要好的同学们都在那边，想想我释怀了些。

　　我颈椎不好，你临走之前还一个劲地叮嘱我，要注意保暖，你放心，为了不给宝贝儿子你拖后腿，我一定照顾好自己的身体，也照顾好你爸，让你在战场上没有后顾之忧。

　　每天你都发微信给我们报平安，发来发去也就是"都挺好""武汉今天出太阳了"这些。那天我和你爸在网上看到对你的报道，说你们那儿特别苦，连水都舍不得喝，怕上厕所浪费了一套防护服，妈心里真不是滋味。你爸是平时轻易不掉泪的人，那天我看到他背着我在厨房默默哭了。你在那边一定要好好保护自己啊，这样爸妈才能安心！

　　前几天听说你在前线递交了入党申请书，你爸还从网上翻出来你写的入党申请书照片给我看，我和你爸说不出地为你高兴，我俩一直想做没有做成的事情，结果儿子帮我们实现了，咱家也马上有党员了！知道你们老潘队长还是个老党员，我就想有她带着你，照应着你，又安心了许多。

　　明天就是元宵节了，这还是你第一回没和我俩一起在家吃团圆饭。但儿子你放心，爸爸妈妈绝对在家乖乖听话，尽量少出门，出门戴好口罩，保护好自己。你在外也要照顾好自己，过节吃点好吃的，拍个照片给爸妈看看，也算是我们一起过节了！

　　儿子，爸爸妈妈为你骄傲，我们就在家好好等着你，等你凯旋！

母　亲

2020 年 2 月 7 日

2020年除夕，上海中医药大学附属岳阳中西医结合医院（岳阳医院）重症监护室护士顾羚耀作为上海市首批援鄂医疗队队员，出征武汉。"儿行千里母担忧"，何况儿子此行是去疫情高发区与高度传染性的病魔搏斗，而且是在重症监护室做护理工作，强度大，易感染。作为父母，更是多了几分不安。然而，儿子曾在武汉读书4年，与这座英雄的城市感情很深，到那里与同学们并肩战斗，是他的愿望。因此，父母理解了儿子的选择，并且以儿子为骄傲。顾羚耀没有辜负父母的期望，努力工作，在前线递交了入党申请书。

3月31日，上海首批援鄂医疗队完成任务，回到上海。谈起在金银潭医院奋战的日日夜夜，顾羚耀感慨道："由于我是其中年龄最小、资历最浅的，老师都像大姐姐一样照顾我！一个个不容易的班次都熬了过来：第一个中班整整12个小时，没吃没喝，管下了几个房间的重病人；下雪天的夜班，零下的温度，3个人在隔离病区里，靠着一个暖宝宝度过了8小时；24度的天，穿着严密

顾羚耀（左）与同事们在武汉前线隔离病房

4月14日，顾羚耀（左一）解除隔离回到家中，与父母、外婆合影

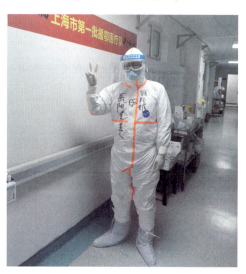

顾羚耀在武汉前线

顾羚耀（左）与同事们在武汉前线

顾羚耀

的防护服，在隔离里面闷了 4 小时后短暂缺氧晕倒……初期防护物资缺乏，医院后方想尽办法运送、保障。我们岳阳医院就像一个温暖的大家庭，让我感觉到了安心和力量。一场疫情，让我明白：世上最贵的床是病床，世上最好的药是健康，赚钱不是为了看病，而是为了享受，活着不是为了生病，而是为了生命。"①

---

① 顾金华.在金银潭奋战了 68 个日夜，终于等到他们回来了！——全国第一支援鄂医疗队返沪.青年报，2020-04-01.

# 你们是最美的逆行者

——刘旭焱致父亲、重庆陆军军医大学解放军援鄂医疗队队员刘远桥

亲爱的爸爸：

今天是2020年2月7日，你去武汉支援已经14天了，我十分想念你，也十分担心你，你在那边忙吗？

记得除夕夜那一天，本是阖家团圆的日子，妈妈对我说你要去武汉，我听后立马慌了，立刻给你打电话："不准你走，现在感染病毒的几率这么高，你能照顾好自己吗，不能去。"不经意，我（的）泪水从眼眶流下，冷冷的、冰冰的，夹杂着害怕和担心。但你还是背着行囊义无反顾地去武汉支援了。

你刚走那几天，我十分想念你，常常给你打电话，可是大多数打去的电话都被你挂断了，只留下"在忙"的讯息。终于我经不住想念，去问妈妈有没有和你聊天，妈妈却说有过。我立马吃醋大声说道：为什么爸爸跟你通了电话，而对我却总是在忙。

后来你终于接了我的电话，看着你疲惫的身躯，快要合紧的眼皮，打了数个疲劳的哈欠，让我感到十分痛心。你对我讲述了你没有接电话的原因，你们这些天有多么劳累和辛苦，以至于睡觉的时间都很少。虽然很想跟你多聊聊，但我还是说："那你去休息一下

吧，每天记得戴口罩、勤洗手，就不和你多说了。"

当我在一次采访你的新闻中看到，你说："我们保卫国家就从来没有平时和节日之分，人民有难，我们就会赴汤蹈火，在所不惜。"爸爸你真伟大，为你而骄傲。还看到好多叔叔和阿姨们累了就在空地上睡觉，一些漂亮的阿姨取下口罩时，脸上的一道道勒痕。但他们依然夜以继日地奋斗在防疫线，我心中一股敬意油然而生。你们是最美的逆行者，你们才是闪闪发光的明星。

希望爸爸做好防护，好好照顾自己，我跟妈妈在家也会保护好自己，不要担心我们，安心工作，早日打赢这场战争，早日回家。

爸爸加油！武汉加油！中国加油！

你最亲爱的女儿妞妞 刘旭焱

2020 年 2 月 7 日♡

【家书背后】

2020 年 1 月 24 日，农历大年三十，正是万家团圆的日子。新冠病毒肆虐，形势刻不容缓。经中央军委批准，从陆军、海军、空军军医大学抽组 3 支医疗队共 450 人，除夕夜分别从重庆、上海、西安乘坐军机出发，支援武汉。重庆陆军军医大学全科医学系政治协理员刘远桥第一时间报了名，担任援鄂医疗队政工组组长，他说："人民的需求就是命令，对于我们军人来说，没有节日和

解放军援鄂医疗队队员刘远桥（左一）在得知消息后，第一时间报名去一线

大年初一凌晨1时，解放军医护人员抵达武汉，在驻地集结

平时之分。"①

　　随后又有三批解放军援鄂医疗队陆续抵达江城武汉，至2月中旬，已有来自全军医疗系统的四千精英齐聚战"疫"最前线，在最危险的地方奋力拼搏，用生命践行使命。鲜红的军旗上，印刻着他们的铮铮誓言：生命至上，初心不变；治病救人，使命永恒。

　　刘远桥在一篇抗疫日记中写下了大年夜出征前的一些细节：

　　下午，信息逐渐明确，当晚就要出发。我还有一大摊要准备的工作，家是回不去了，一忙起来，也顾不上跟家里说。晚上七点半，我们出征了。此时，已经能隐约听到电视声音里传来的春晚前的各种祝福声。这时，我接到老

刘旭焱写给爸爸的信

　　①　黄琪，杨荣峰.450名部队医护人员今晨飞抵武汉.长江日报，2020-01-25.

婆的电话："快回来吃饭了。"我说："我们出发了，现在去机场。"电话那头是一阵沉默……我也沉默。我很想说，我把平时存的一点私房钱放在办公室的什么地方，但还是忍住了。我想我会回来的，希望这就是个永远的秘密吧，回来用这些钱给我最爱的姐姐买衣服、吃牛排。①

疫情当前，挺身而出。舍小家，顾大家。这就是新时代的中国军人！

---

① 这，是除夕夜出征武汉背后的真实故事．微信公众号"央视军事"，2020-02-09．

# 我突然也想快点长大，和你们一起信心满满打小怪物

——陈竞择致父亲、江苏省人民医院紧急医学救援队医生陈旭峰

亲爱的爸爸：

你才离开家几天，我就觉得特别想你，平时你也会突然接到一个电话，然后好几天不回来，这次好像特别地不一样。外公外婆也特别惦记你，电视里一放到我们江苏救援队的消息，就要反复看回放，还用手机拍下来。连妈妈都变得特别"和蔼"，虽然还天天给我发各种作业。

爸爸，你和医院的同事一起到武汉去帮助救治新型冠状病毒肺炎的患者，刚开始我觉得很习惯也很光荣，我还告诉了张老师和陈老师，我爸爸也要去武汉啦，终于等到他出击了，他可是最擅长ECMO的医生。两位老师特别关心我，还送了我一大堆资料……

现在阿公每天（早上和晚上）九点都要准时给我和阿婆报告病人的数目。看到这个数值每天都在增加，我有点害怕紧张了。看来这个病毒是个顽强的小怪物。不过妈妈说这个小怪物传染性极强，但是武力值不高。我们肯定能打败它。看着妈妈自信地说，我突然也想快点长大，学习医学知识，成为一名和你们一样的医生，和你们一起信心满满打小怪物。

爸爸你一定要戴好口罩和护目镜，穿好防护服，就像"大白"一样，绝对不能让病毒钻空子。还有多吃饭多睡觉，外婆说这次一定将你的坏毛病改掉。

你和其他叔叔阿姨要一起加油干，早点把小怪物灭掉，让全国学生可以早点回校园，我也很想念同学和老师们。最后我还要说一句，你是我最厉害的爸爸！！！

陈竞择

2020.02.07

## 【家书背后】

2020年2月3日晚，接到国家卫健委和江苏省卫健委紧急通知，江苏省人民医院紧急组派"国家（江苏）紧急医学救援队"，人民医院急诊科主任医师陈旭峰任队长。2月4日下午，救援队出发驰援湖北。

救援队共37人，分别来自临床医护、医技、职能管理、后勤保障等多个部门，主要针对湖北武汉危重症病人的救治。同时，救援队还配备医疗救援一体车、医疗检验车和医疗物资保障车，具备现场长时间应急处理

国家（江苏）紧急医学救援队37名队员

能力和后勤保障能力。救援队队长陈旭峰是危重症患者救治专家，曾参加 2003 年"非典"救援、2008 年汶川地震救援，具有丰富的经验。

陈竞择写给爸爸的信　　　　陈旭峰

陈竞择写给爸爸的这封信记录了小朋友眼中的新冠肺炎疫情，以及爸爸等白衣战士的英勇形象。特别是他把病毒看作"小怪物"，自己要快快长大，和爸爸一起打怪物的表述，充满天真童趣和向上的力量。

2 月 18 日的武汉体育中心方舱医院

武汉客厅方舱医院（局部）

从 2 月 3 日起，在中央赴湖北指导组的推动下，武汉及全国各方救援力量连夜行动，紧急抽调 20 个省大型三级综合医院的医学救援队，将武汉市的会展中心、体育场馆等改造成方舱医院，集中收治确诊轻症病人。

2 月 5 日，陈旭峰率领国家（江苏）紧急医学救援队参与建设武汉客厅方舱医院，两天后即开始收治患者。一批批确诊轻症患者被连夜送来，截至 2 月 9 日晚 10 点已有 1 100 多位患者入住。陈旭峰说，救援队实行轮班制，每天有早班、中班、晚班和夜班 4 个班，每个班 6 个小时，配有 5 位医生和 40 位护士。

2 月 11 日晚，接上级命令，国家

（江苏）紧急医学救援队转战接管武汉体育中心方舱医院。陈旭峰说，凭借一周前建设武汉客厅方舱医院的经验，江苏队快速推进架构建设、物资梳理、功能运作等建舱流程，将武汉体育中心"改建"成符合国家收治标准的方舱医院，并顺利收治患者，全过程不到24小时。据了解，该方舱医院累计收治患者570人。仅运行半

3月10日武汉方舱医院休舱仪式上的医护人员

个月后，便迎来出院潮，3月2日、3日连续两天出院人数破百。[1] 3月8日，送走最后一批13名患者，正式休舱。

3月10日15时许，随着最后一批49名新冠肺炎患者出舱，武昌方舱医院在运行了35天后，宣告正式休舱。至此，武汉16家方舱医院全部休舱。这些方舱医院累计收治了超过1.2万名新冠肺炎轻症患者。

父子合影

国家卫健委医政医管局副局长焦雅辉说："方舱医院这段历史将写在武汉、湖北甚至中国抗击新冠肺炎疫情的历史上，创造了中国经验。"[2]

驰援武汉的医疗队全部撤离后，国家仍留下了陈旭峰等20位专家坚守武汉，担负着会诊、巡诊、疑难危重症讨论等工作。经过武汉和全国援鄂医务人员的共同努力，4月26日，武汉在院新冠肺炎患者"清零"！26日起，20位专家陆续撤离武汉。26日下午，陈旭峰等留守武汉的9位江苏医疗专家乘坐G678次高铁返回南京，平安归来！

① 李花，程晓，李鑫芳，等.武汉16家方舱医院全部休舱.南京日报，2020-03-11.
② 廖君，黎昌政.16家武汉方舱医院休舱累计收治1.2万余人.新华网，(2020-03-10).
http://www.xinhuanet.com/politics/2020-03/10/c_1125693024.htm.

# 我们发自内心为你感到骄傲和自豪

——孟斌致儿子、北部战区总医院解放军援鄂医疗队医生孟浩

儿子：

你好！

你到武汉投入抗击疫情已经是第7天了，你还好吗？工作还顺利吗？

在2月2日中午的时候，我和你的妈妈在电视机前，观看中央新闻。电视上，几架运输机降落在武汉机场，从机舱中走出一队队威武雄壮的军人……

突然，你妈妈指着电视急忙对我说："那不是浩浩吗？！"

当我要细看时，那个镜头却一闪而过………

我赶紧给你媳妇打电话，一问才知道你凌晨时就已经出发了。她告诉我们，是你不让她告诉我们的，怕我们担心……

挂了电话，你妈妈就开始默默擦眼泪。

你是个好孩子！

2016年，你为了维护祖国的尊严和世界的和平，毅然到非洲马

里执行维和任务，在那的日日夜夜，我们都很记挂你，没有睡过几个安稳觉呢，每天坚持看晚间新闻，了解国际上的事情，希望你平安回来……

现在，在全国抗击疫情的关键时刻，你响应国家号令奔赴武汉疫情一线，冲锋在前，无畏无惧。作为父母，我们发自内心为你感到骄傲和自豪。

但是，我们看着自己的儿子到艰难危险的地方去，又怎能不担心、担忧呢？

我和你妈妈看到许许多多的医务工作者，他们为了抢救患者连续作战，那疲倦的身影真的让人好心疼。你现在就是他们中的一员，你们的付出，都是为了明天的团聚。

你们都是人民的英雄！

我们坚信你与你的战友一定会打赢这场阻击战，为国增光，为军人添彩。

请你放心。我们虽然不能到武汉一线和你们一起参加疫情阻击战，但我们会在后方为你们加油。我和你妈妈也会坚决响应党和政府的号召，待在家里不外出，不给党和政府添乱、找麻烦。

别担心，老爸我现在学的葫芦丝已能吹出简单的歌曲了。你妈妈也学会了简单的体操舞，家里一切安好。

儿，你一定要安心工作，尽职尽责，展现军人风采和石油子弟的形象！

今天是正月十五，我和你妈遥祝你和你的战友节日快乐，争取早日完成使命，我们都等你平安胜利归来！

爱你的爸爸

2020 年 2 月 8 日

## 【家书背后】

这是抚顺石化洗化厂退休员工孟斌写给儿子孟浩的一封家书。孟浩是北部战区总医院胸外科主治医师，2020 年 2 月 2 日跟随医疗队驰援湖北，奋战在火神山医院最前线。事先他没有告诉父母，直到父母从电视新闻中看到他的身影，才知道他已经到了武汉。

孟浩和父母合影

孟斌一贯理解、支持儿子的选择，从 2016 年的非洲维和，到 2020 年的武汉抗疫，儿子在践行一名军人的使命，而他作为儿子的坚强后盾，一直在背后默默地支持着……

2 月 9 日晚，孟浩给父亲打电话报平安。他说："我很好，你们放心。二老也要多注意，别外出。"然后就匆匆挂断了电话。

2016 年 5 月至 2017 年 5 月，孟浩参加了第四批赴马里维和医疗队。进行急诊抢救 70 余次，加强营区消杀累计面积超过 10 万平方米，为营区疟疾零感染做出贡献。他还参与多项联合国演习行动，参与了《赴马里维和医疗分队实

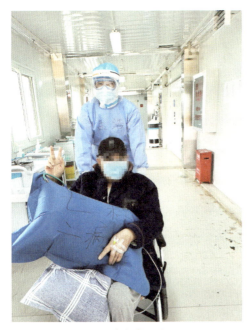

孟浩带患者检查

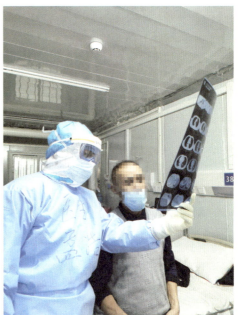

孟浩在阅片

战化指导手册》的编写。孟浩多次参加野战医疗队，在 2017—2020 年间执行多次重要演习活动，并以考核专家身份圆满完成医疗救治力量考核任务。荣获三等功、优秀学员、和平勋章等多项荣誉。

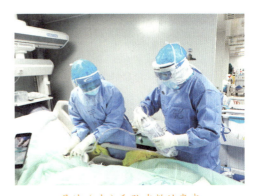

孟浩（右）和队友救治患者

　　2020 年，孟浩担任火神山医院感染七科二病区医生，参与火神山课题研究，治疗的新冠肺炎患者均顺利出院，达到了零误诊、零漏诊、零死亡，受到患者的广泛好评。

# 我很骄傲我的父母
# 都是他们中的一员

——王梦晗致父亲、昆明医科大学第二附属医院援鄂医疗队医生王刚

今天是正月十五，上大学以来，这是第一个在家过的元宵节。

在家过的元宵节里，这是第一次自己一个人在家，爸爸在湖北支援，妈妈也在医院值班。

虽然作为医生子女，从小到大类似的情况已经经历了无数次，已经都习惯了。不管是平时还是逢年过节，家家团聚的日子里，总会有仍需要他们坚守在岗位的时候。

今天是正月十五，距离大年初三已经整整两周。爸爸去湖北已经两周了。其实早在疫情刚暴发的时候，我和妈妈就隐约觉得爸爸有可能需要去支援。

大年二十九晚，刚从家乐福买完年货，爸妈就不约而同接到通知云南省医疗系统取消休假的消息，春节假期照常上班。

令人揪心的疫情，年三十的忙碌，更让我已经悄悄做好爸爸支援一线的心理准备。

所以真正听到消息的时候，我的内心感受十分复杂。一方面，为他的勇敢担当和义不容辞感动。父母都是医生，家里也有很多亲人朋友是医务工作者，从小耳濡目染，其实我明白作为医护人员，

能将自己所学运用在最需要的地方，帮助更多病患，和国家一起共克时艰，是一件很光荣的事情。另一方面，我也有牵挂和担忧。前方不知道具体是什么情况，事发突然，很多事都还需要安排和准备。爸爸也已经不是当年那个精力旺盛的小伙儿，说不担心他的身体和安全是假的。刚刚结束在国外的交换生活，心里还是很期待和家人的温馨时光，所以情感上难免有不舍。

我们是年初二的早上接到报名通知，爸爸打电话回家，和我还有妈妈简短商量了几句就报名了。当天下午志愿队便组织培训，第二天就出发。大年初三其实是奶奶的生日，老人其实最希望的就是这一天儿女都能在身边。初二当晚爸爸和爷爷奶奶说明了情况，他们也表示了理解和支持。

出发当天，我们全家一起早起，送爸爸去医院集合点。我和妈妈站在旁边，远远看着作为领队的爸爸组织工作，有条不紊。空当时候，爸爸回头看见了我们，他和我们招手的时候，我用力忍住了要夺眶而出的眼泪。

这些从小认识的伯伯、姨妈、叔叔、阿姨、哥哥、姐姐，广大的医护工作者们，也不过是最普通的平凡人，辛苦一年也盼望着中国人最欢喜的团圆时刻。我们作为亲人和朋友，离得更近，也更明白，白衣天使，特殊时期义无反顾的时代的"逆行者"，其实他们都是普通人，没有超能力。他们只是尽心尽力地做着本职工作，用尽所学救死扶伤。困难面前，他们挺身而出，克服所有困难只为那一份医者仁心，勇于担当，忠于职守。他们不是超级英雄，只不过从穿上一身白大褂开始，便坚定地学着前辈的样子从死神手里抢人。

　　我很骄傲我的父母都是他们中的一员，勤勤恳恳，用专业能力帮助病人诊断、治疗。想到如今奋战在前线的，都是各行各业专业又勇于担当的人，我也对战胜疫情充满了信心。

　　我们生活的时代给我们提供了优渥的条件，现在国家需要我们，有国才有家。爸爸作为代表在湖北支援，妈妈在医院坚守岗位，我安心在家做好防护。我们这个小家都在为战胜疫情努力，做好自己该做的事情。千千万万个小家都在为此努力和付出，我相信，中国这个大家一定离春暖花开的日子不远了。

　　爸爸，你在前方放心，我和妈妈都很好，家里也一切都好。

　　前方奋战的战士们，请放心，注意身体，我们都等你们平安回来。

王梦晗

书于 2020 年 2 月 8 日

## 【家书背后】

　　这是一封日记体家书，是一位大学生写给在湖北抗疫一线的父亲的。作者王梦晗，中国人民大学商学院大三学生。

　　王梦晗的父亲王刚，是昆明医科大学第二附属医院重症医学科副主任、主任医师，是云南省首批援鄂医疗队队员，也是他们医院一行 30 人的领队。王梦晗的母亲孟娴也是一名医生，是云南省中医医院放射科副主任、主任医师，

王刚出发前向家人挥手告别

王刚出发湖北前，全家合照

疫情暴发后，从大年三十起就返岗工作。

2月8日是元宵佳节，母亲值班，父亲远征湖北，王梦晗一个人在家里写下了这封家书。当天，王刚正在湖北咸宁紧张工作。上午，他随专家组到赤壁市人民医院督查，针对该院情况提出了一些医疗管理和治疗方面的建议。中午返回咸宁市区，下午到咸宁市新冠肺炎防控指挥部参加专家组会议，讨论下一步重症病人管理方案。他在当天的日记中写道："重症病人数量较往日有所增加，抗疫战斗也进入了新的阶段，任务依然艰巨，不能松懈。"

每逢佳节倍思亲。王刚在元宵节的日记中写道：

王梦晗家书

晚饭时刻，女儿给我发来了一篇她在今天写的日记，算是家书吧。女儿在文中提及：作为医生子女，从小就知道父母工作的特殊性，支持理解父母的工作……看着看着，眼泪湿润了我的眼眶，我突然意识到，那个一直被我们捧在手心的宝贝女儿，已经长大了。

王刚的元宵节日记

感谢家人的理解与支持。元宵佳节，一家人在一起，其乐融融，是最为幸福的时刻。但是疫情当前，国家需要，病人需要，义不容辞参与抗疫，这是我一辈子都不会后悔的事。相信今天，也会是此生过得最有意义的一次元宵节。

王刚（左三）在咸宁市第一人民医院会诊重症

援助湖北已经13天，在这个节日里，我们援鄂医疗队的队员们，他们的家人也同样在远方牵挂着他们。念及此，我给我们医疗队联络员提了个小建议，晚上在微信群里来过一次微信元宵节，特殊的日子，特殊的仪式，想想也挺特别的。

从进驻咸宁开始，王刚率领医疗队参与各医院的病区改造，优化救治流程，救治病人……对各位医疗队队员来说，经历的艰辛，在看到病人病情好转、改善、治愈出院那一刻，都显得无足轻重了。

## 我每天只要一想到您，就有了学习的动力

——李书乐与父亲、北京协和医院国家援鄂医疗队医生李源杰互通家书

**2月10日**

我的英雄爸爸：

我很想您！您身体还好吗？每天吃得饱吗？爸爸，请帮我向您的同事和病人们问好，希望你们都平平安安的！

昨天我们在新闻里看到一位 ICU 医生姐姐手都裂了，脸也伤了，困得站着就睡着了。爸爸，您是不是也这样？您穿尿不湿和防护服是不是特别难受，这么大的压力您受得住吗？我很心疼您！爸爸如果您特别难受，不要憋在心里，一定要告诉我们，我们会安慰您，给您力量！还有您体质弱，千万不能感冒！

我每天只要一想到您，就有了学习的动力，我也用我的努力给您打气。我现在三天就能练出一支新曲子，我会不断地发给您，您听了心情就能放松一些，救人的时候就能更沉着冷静。我每天还帮妈妈做家务，给妹妹读书，带她运动，您放心吧！

妈妈说现在疫情已经得到了很好的控制，确诊人数每天都在减少，爸爸加油，再坚持几天，咱们就要胜利了！

爸爸，我还要再提醒您，重症病房最危险，您一定要仔细，仔

细，再仔细！

李书乐

2020 年 2 月 10 日

亲爱的大女儿乐乐：

爸爸来到武汉工作已经 4 周了，抱歉现在才给你回信。通过你给爸爸的信，我知道你长大了，懂得关心家人，逐渐养成自主自觉学习的好习惯。爸爸也和你说一说我最近一段时间的成长。

春节前，得知武汉的疫情后，爸爸一直在关注疫情的发展，并积极参加了医院和北京市组织的"新型冠状病毒感染诊疗"相关的知识和技能培训。因为我感觉到病毒感染很可能会蔓延开去，如何去处理这种新的疾病，对于医生是一场大考。就像你们准备考试一样，爸爸也需要认真的准备，所以春节期间没能用更多的时间陪你们，都在看新闻、查资料，还请你原谅。

正因为爸爸有所准备，当得知需要支援武汉医院的时候，我没有害怕。就像你在家里每天练习舞蹈，就不怕陆老师检查了；记住了加减法的技巧，就不怕考试数学了。不过爸爸刚到武汉的时候还是有些紧张的，因为这是一种新的病毒，我不知道我的准备是否充分而正确，好像你很辛苦背会了《三字经》，妈妈却突然考你一首没有记熟的唐诗。所以刚到武汉的时候我一直很小心，不慌不忙，因为贪快容易出错。我还仔细观察最先到达武汉的老同志们，学习他们的防护技巧，请同事们监督我防护装备是否穿得正确。等我完全掌握了方法就一点不紧张了。而且这里有很多爸爸的小伙伴们在一起工作，大家相互帮助就更不用害怕了。而且我们团结在一起可以解决很多一个人解决不了的问题，帮助武汉的患者。相信我们一定能够尽快战胜新型冠状病毒的。也祝你和小伙伴们一起在线上学习愉快！

你说想爸爸了，爸爸什么时候能够回家呢？估计要等到你开学的时候，或者可以和妈妈一起去玉渊潭公园看樱花的时候吧。代我向姥姥、姥爷、妈妈还有妹妹问好！

爱你的爸爸

2020 年 3 月 6 日

【家书背后】

这是北京市景泰小学一年级七班学生李书乐与她在武汉抗疫的爸爸李源杰互通的家书。

李源杰，湖北襄阳人，北京协和医院全科医学科（普内科）主治医师。他毕业于北京协和医学院，获得博士学位。2009 年起在北京协和医院内科工作，先后担任住院医师、总住院医师、专科培训医师和普通内科主治医师。曾赴澳

李书乐给爸爸的信

李源杰给女儿的信

大利亚墨尔本大学全科医学系学习全科教学和科研工作，参与北京协和医院全科学系建设。

这次新冠肺炎疫情发生后，李源杰时刻关注着前线的情况。2020 年 1 月 23 日，北京协和医院启动组建疫情防治第二、第三梯队，李源杰第一时间报名，积极请战。当听说武汉急需有重症工作经验的医生时，他立刻报名，那天是 2 月 6 号，也是他 37 岁的生日。李源杰曾先后两次在重症医学科病房轮转，有管理重症患者的经验。经过遴选，李源杰成为协和全科医学科第一位也是唯一一位援鄂抗疫的医生。

2 月 7 日，李源杰作为北京协和医院第二批国家援鄂医疗队 142 名队员之一，踏上征程，驰援武汉。抵达武汉的第二天，李源杰就加入武汉同济医院中法新城院区 ICU 小组轮岗，与小组其他 5 名队员一起，负责 8 个床位的病人，每天工作至少 8 小时以上。李源杰说："刚开始还挺不适应三级防护措施带来的头痛、恶心、视物模糊，但现在穿上防护服工作已经是朝九晚五般的坦然了。"在武汉，重症病房收治的每位患者基本都靠插管上呼吸机来维持呼吸，而且患者时常出现各种危重表现，如严重的心律失常、顽固的高碳酸血症、严重的酸碱和电解质紊乱、失温现象、快速进展的趾端坏疽等。"想尽一切办法，用尽全部办法，能从'死神'手里抢一个是一个。"李源杰说。

在前线工作 3 天后，李源杰收到了 7 岁的大女儿、刚上小学一年级的李书乐写给他的一封信。读到女儿不长的来信，他的心中感慨万千，那个小女孩仿

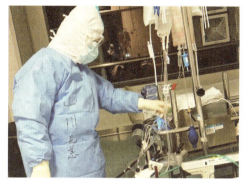

李源杰为患者调整 ECMO

李源杰在武汉前线病房

佛一夜之间长大了，懂事了。他想给女儿写一封回信，无奈武汉救治一线的工作太紧张了，迟迟未能如愿。直到3月6日，他终于找来几张信纸，把对女儿的想念与爱倾诉于笔端。

3月29日，国家援鄂医疗队北京协和医院第四临时党支部在武汉驻地召开党支部大会，经与会党员表决通

2020 年 3 月 29 日，李源杰（右一）与同期入党的同事在党旗前合影

过，批准李源杰加入中国共产党，成为一名预备党员。谈到入党的原因，李源杰说："我看到和我并肩战斗的战友们，克服各种困难，毅然决然向党组织请战，他们只有一个要求：到武汉去！在武汉，每一名党员都是一面旗帜，他们把初心写在行动中，把使命落在岗位上。他们说得最多的一句话就是：我是一名党员！这让我倍感震撼，危难时刻，共产党员就是信心和力量，我要和他们一样，加入共产党，接受党组织的考验，用自己的实际行动去担起职责和使命。"①

---

① 李小容，曾学军.勇担使命 浴火淬炼|80后医生援鄂抗疫一线入党.北京协和医院官网，(2020-04-06). https://www.pumch.cn/detail/23093.html.

# 爸爸，您在我心中就是个英雄

——卢昊阳致父亲、联勤保障部队援鄂军人卢旭升

亲爱的爸爸：

您好！我和妈妈快两个月都没见到您了，在武汉还好吗？那里的疫情好些了吗？

这次疫情很突然，原计划咱们回老家陪爷爷奶奶一起过年的，结果因为疫情我和妈妈没能回，您也仅在老家待了几天，接到单位通知后大年初四就"逆行"回了武汉。到现在已经半个多月了，您一直在重灾区武汉的抗疫一线，我非常担心，而每次视频您都说"我没事"。

前段（时间），您说你们单位接管了火神山医院，您和同事们主要是一起做火神山医院工程建设验收、设施维护运行等工作。我从电视里看到火神山医院的医生、护士都特别忙，为了病人有时饭都顾不上吃，觉也很少睡，您也一定很忙吧。您冒着被感染的风险整天加班努力工作，有时连我和妈妈的电话都顾不上接，但是每次问您怕不怕时，您总讲："在祖国有难时，军人必须第一个站出来，没有什么可怕的，就想多贡献自己的一份力量。"

正是您说的那样，军人有神圣的使命在肩上。记得妈妈常讲，2008 年汶川抗震救灾，你们方舱医院在绵竹待了 5 个多月，经常要冒着余震到村子里巡诊，当时我还在妈妈肚子里呢。妈妈在电视上看到穿军装的，眼泪不由自主地就往下流。2010 年玉树抗震救灾，您又和方舱医院在灾区奋战了近半年时间，一直住在海拔 4 000 多米的帐篷里，回来时瘦了 20 多斤，妈妈说都快认不出您了。

爸爸，您在我心中就是个英雄，我感到很骄傲和自豪。期盼这次您和战友们打赢这场仗，早日凯旋。

就写这么多了，记着一定要注意做好防护哟。我和妈妈在家挺好的，我每天上网课做作业，您放心吧，不用担心我们。最后祝您：身体健康、工作顺利。

武汉加油！中国加油！

儿子：卢昊阳

2020 年 2 月 12 日晚

**【家书背后】**

家书作者卢昊阳，2008 年 11 月出生，北京市石景山区金顶街第二小学五年级二班学生，校足球队队员，多次参加足球比赛获奖，喜欢运动、读书、音乐。

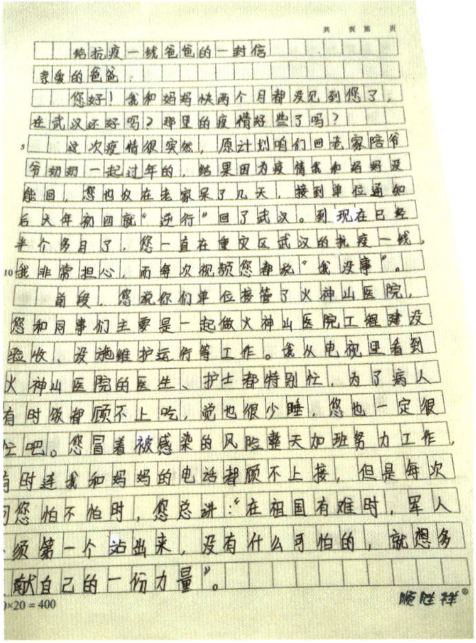

给抗疫一线爸爸的一封信

亲爱的爸爸：

您好！我和妈妈快两个月都没见到您了，在武汉还好吗？那里的疫情好些了吗？

这次疫情很突然，原计划咱们回老家陪爷爷奶奶一起过年的，结果因为疫情我和妈妈没能回，您也仅在老家呆了几天，接到单位通知后大年初四就“逆行”回了武汉。到现在已经半个多月了，您一直在重灾区武汉的抗疫一线，我非常担心，而每次视频您都说“我没事”。

前段，您说你们单位接管了火神山医院，您和同事们主要是一起做火神山医院工程建设验收、设施维护运行等工作。我从电视里看到火神山医院的医生、护士都特别忙，为了病人有时饭都顾不上吃，觉也很少睡，您也一定很忙吧。您冒着被感染的风险整天加班努力工作，有时连我和妈妈的电话都顾不上接，但是每次问您怕不怕时，您总讲：“在祖国有难时，军人必须第一个站出来，没有什么可怕的，就想多贡献自己的一份力量”。

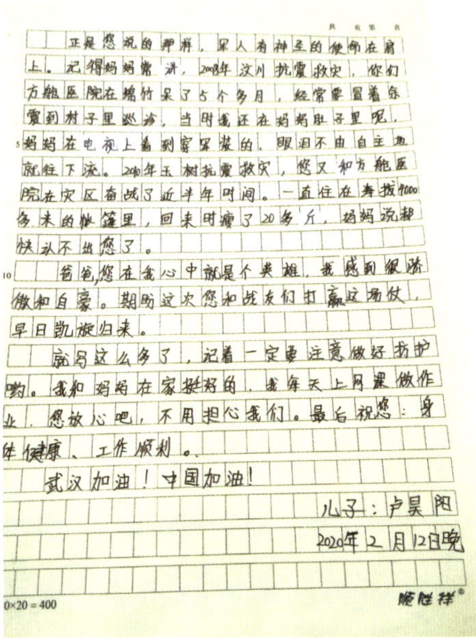

正是您说的那样，军人有神圣的使命在肩上。记得妈妈常讲，2008年汶川抗震救灾，你们方舱医院在绵竹呆了5个多月，经常要冒着余震到村子里巡诊，当时我还在妈妈肚子里呢，妈妈在电视上看到穿军装的，眼泪不由自主地就往下流。2010年玉树抗震救灾，您又和方舱医院在灾区奋战了近半年时间。一直住在海拔4000多米的帐篷里，回来时瘦了20多斤，妈妈说都快认不出您了。

爸爸，您在我心中就是个英雄，我感到很骄傲和自豪。期盼这次您和战友们打赢这场仗，早日凯旋归来。

就写这么多了，记着一定要注意做好防护哟。我和妈妈在家挺好的，我每天上网课做作业，您放心吧，不用担心我们。最后祝您：身体健康、工作顺利。

武汉加油！中国加油！

儿子：卢昊阳

2020年2月12日晚

卢昊阳写给爸爸的信

收信人卢旭升，河南洛阳人，中共党员，现在联勤保障部队机关服役。入伍后先后参加过汶川、玉树抗震救灾，抗战胜利70周年阅兵等活动，荣立二等功2次、三等功3次。

卢昊阳是一个有爱心的孩子。1月24日，他从电视上看到武汉的口罩很紧缺，便立即从零花钱中拿出100元，通过微信捐给了武汉市慈善总会。

2020年2月27日，卢旭升（右一）在火神山医院工地工作

抗疫期间，卢昊阳从爸爸等人身上看到了逆行者的奉献和美丽。此外，昊阳已经是大学生的表姐，放假回到老家后主动当了一名志愿者，义务给村民们量体温，劝大家不要随便外出。昊阳妈妈是一名财务

卢旭升在武汉火神山医院留影　　2019年5月，一家三口在武汉东湖合影

人员，克服重重困难赶到单位加班工作，到银行办理业务，按时给同事发放了工资、办理了住房公积金。还有那些争分夺秒、昼夜兼程的快递员，义务接送医护人员上下班的志愿者……为此，卢昊阳写了一篇作文，题目就是《最美逆行者》。他说："我觉得，这些逆行者是最美丽的一道风景。医护人员是最美的逆行者。"

# 待精力允许时给妈报个平安就行

——李桂兰致女儿、菏泽医专附属医院援鄂医疗队护士房柏瑜

房柏瑜：

妈妈的宝贝女儿，2月10日中午，我接到你的电话："妈妈，告诉你个好消息，刚接到通知，我被院领导选拔为第一批出征支援湖北的队员，太荣幸了。不要告诉正在为弟弟辅导功课的爸爸，不要告诉奶奶及所有亲人，多一位亲人知道就多一份担心，我相信他们一定支持我。挂了，妈，我赶快收拾东西了。"孩子，当时我握着手机，感受到了你时间的紧迫性，心里真是五味杂陈，眼泪一涌而出，激动的泪水、骄傲的泪水、心疼的泪水，还有……我慢慢调整了情绪，马上意识到，又一次验证了孩子的忠心、细心、善心和孝心。是的，你是一名共产党员，在国家有难需要你的时候，你就应该挺身而出，你是一个责任心强、敢于担当的好孩子，妈妈为你高兴，为你自豪！

妈妈答应你出征前线的事情，不告诉其他任何亲人，妈妈自己能承担一切一切，但唯独妈妈也不能参加你的出征仪式……好心酸……

放心吧，孩子，家里有妈，一切安好！

孩子，到前线后，可能还会遇到你预料不到的困难，但有老师在，有同事在，有大的团队在，我相信所有的困难你都能克服。妈妈为了保护家人，为了坚守职责，也一直在班上，下班也没回家，有事与你爸电话联系，你放心一切，望你安心投入战斗。

孩子，我感谢你从小到大遇到的每位老师，感谢医专附院的各位领导，是他们为我们为党培养了好女儿！孩子，我知道你是这次出征团队中年龄最小的一员，那你的精力应该最旺盛，那你就应该在照顾好自己的同时，还要照顾好你的老师们、战友们！圆满完成党交给的任务！

孩子，此时是13日凌晨了，我辗转反侧没能入睡，提笔给你说几句话。此时此刻，也许你在接受培训，也许你在休息，无论如何，我明天再发给你，让你择期阅读，不必回复，待精力允许时给妈报个平安就行。最后叮咛孩子宁可尿湿裤子也要喝水，决不能憋尿。妈妈祝你早日平安凯旋，到时候与你奶奶、姥姥、姥爷、爸爸、叔叔、姑姑、哥哥及所有亲人共同分享你胜利的喜悦！

爸妈的心肝宝贝，在最后，记住，妈妈时时刻刻陪伴着你，为你加油！为武汉加油！为中国加油！决不能辜负领导寄予你的厚望，好好珍惜这次成长的机会吧！

2020.2.13 凌晨

你的妈妈：桂兰

## 【家书背后】

收信人房柏瑜，1992年出生，菏泽市医学专科学校附属医院（荷泽医专附属医院）麻醉科护师。2020年1月24日大年三十，房柏瑜从医院回到双桥房集村老家，随着抗疫形势越来越严峻，她初一下午就返岗上班，而且"请战"去了最危险的发热门诊。2月10日，通过业务、态度、身体素质等综合评价之后，房柏瑜被挑选为菏泽市援鄂医疗队队员之一，也是菏医附院援鄂医疗队中年龄最小的一位。

出征前一天，房柏瑜偷偷地给郓城县双桥镇房集村的妈妈李桂兰打了电话，爸爸及家人都还蒙在鼓里。在女儿出征后，李桂兰为女儿骄傲的同时，也非常牵挂身在一线的女儿，于是给女儿写下了这样一封饱含深情的家书。

房柏瑜的成长，离不开家庭环境的熏陶。爸爸房殿军是一名教育工作者，

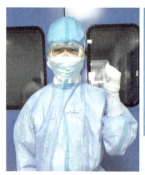

房柏瑜

连续18年担任房集小学校长；妈妈李桂兰在村卫生室工作，兢兢业业，服务着父老乡亲。得知女儿要前往湖北参加抗疫战斗时，房殿军也有过一丝担忧，但他想到战斗前线需要医护人员，需要女儿出一份力时，他坚决支持："孩子，你放心战斗，家里不用挂心，盼望着你凯旋。"为了此次战斗，房柏瑜将留了多年的长发剪掉，她说："这是工作需要，牺牲点头发和形象，没啥。"朴实的话语，彰显了大爱情怀。

2011年，房柏瑜考入菏泽医学专科学校。她一边钻研专业知识，一边主动向党组织靠拢，向

房柏瑜在工作

李桂兰写给女儿的信

荷泽医专附属医院援鄂医疗队机场合影

党组织递交了入党申请书，并以共产党员的标准严格要求自己。大二那年，她顺利通过了党组织的审核，成为一名共产党员。毕业后，她被留在菏泽医学专科学校附属医院工作，成为一名真正的医务工作者。

作为菏泽医专附院首批援鄂医疗队的"90后"队员，房柏瑜和同事们先后转战黄冈市团风县人民医院和团风县中医院，用精湛的技术、周到的服务和满腔爱心救治患者，为战胜疫情贡献了一份力量。

3月19日，黄冈市人民政府决定，授予房柏瑜等1 260名援黄医疗队员"黄冈市荣誉市民"称号。五一前夕，房柏瑜荣获菏泽市新冠肺炎疫情防控"抗疫先锋"荣誉称号。

## 每天晚上无论多晚
## 我都会等你的电话

——蔡晓慧致丈夫、徐州市中心医院援鄂医疗队护士杜继元

阿杜：

　　展信舒颜。

　　今天是一个有爱的日子，而你却不在我的身边，习惯了你每个节日陪伴我，给我惊喜。若像往常我们会外出一起吃顿晚饭，然后挤在电影院喧闹的人群里，过一个温暖的情人节。然而突如其来的疫情，改变了春节，也改变了原本我们平静有序的生活，所有人都过得异常艰难。

　　正月初十，听到你主动报名支援武汉的时候，我的内心复杂而纠结。我们的女儿才五个月大，作为妻子我是拒绝的，因为我不知道道路有多凶险。但同样作为一名医护人员，我是纠结的，因为我们的初心是一致的，救死扶伤是我们的使命，疫情就是命令，防控就是责任。我明白我应该支持你，即使内心是极力反对的，我们也没有争吵。这段时间我常常反思自己，曾经极力推荐你写下入党申请书的是我，现在阻碍你火线冲锋的也是我，自己是不是有点狭隘？直到正月十六凌晨两点，你接到医院领导的电话，问你想好了吗，你毅然决然地回答"想好了"，电话另一头说："那明天一早就

出发。"这时在电话一旁的我脑子一片空白，唯一能做的就是帮你收好行囊，各种担忧，总怕漏了什么。你开玩笑说，不会很久的，等我回来你要教会宝宝喊爸爸了。这时的我哽咽了……

今天是你支援武汉的第六天，每天晚上无论多晚我都会等你的电话，每天同你聊天变成了我最期待的时光。我反反复复的叮嘱只是希望你在工作时能够保护好自己，好多时候我怕说得太多给你压力，但是我相信你，总能调整好自己的心态。

此刻，我又成为那个只会碎碎念的老婆，此刻，你在前线救死扶伤，保卫大家，我在家守护我们的小家。没有陪伴，只能问候，这样的心情是无奈的，是难过的。家里一切都好，物资充足，父母也都安稳宅在家，你放心吧。我坚信未来的某天，我们可以骄傲地和我们的孩子说：2020年爸爸变成了超人去打怪兽了！ 2020年有如此不顺利的开局，2020年又有数不尽的感动。

疫情当前，请照顾好自己，等你归来，盼你平安！

等你平安归来的妻子

2020 年 2 月 14 日

这是徐州市中心医院口腔科护士蔡晓慧写给丈夫杜继元的一封家书，真实反映了两位白衣战士面对疫情时的初心、爱、选择与奉献。杜继元，徐州市中心医院导管室护师，第五批江苏援鄂医疗队队员。

杜继元、蔡晓慧和女儿

2020年新冠肺炎疫情发生后，杜继元始终坚持在临床一线。看到武汉疫情非常严重，他于2月2日主动向医院主管部门递交了请愿书："疫情当前，作为一名入党积极分子，正是党和国家需要我的时候。作为一名医务工作者，投身疫情防控一线是义不容辞的职责，我自愿申请驰援湖北，加入一线疫情防控队伍。"

2月9日凌晨，杜继元接到援助湖北的任务。他和家人简单交代后便收拾行李做好了出发准备，那一天，他的女儿才刚满五个月。临行前，他说："我不是英雄，这只是作为一名医护人员的本能和责任。武汉需要我，我就去！"当天中午，杜继元随徐州市第四批援鄂医疗队一起乘大巴前往南京禄口机场集结，作为第五批江苏省援鄂医疗队队员驰援武汉。2月10日，他在日记中写道，来武汉，还有一个目的："想给女儿做个榜样，等她长大了，我会告诉她

杜继元（左三）与徐州市中心医院的同事们
在南京禄口机场合影

杜继元为患者服务

爸爸是在你五个月的时候变成超人的，然而，这个超人不会飞。"

抵达武汉后，杜继元和队友们被分配在武汉开发区体育中心方舱医院，积极投入临床一线的救治工作。随后他加入了第五批江苏省援鄂医疗队信息组，负责医疗队及党支部重要活动、医疗救治及疫情防控等工作的汇总和上报，负责省队的信息宣传、与各省市媒体对接等工作。然而他始终没有忘记自己是一名一线战士，白天

杜继元

工作，晚上抽空练习穿脱防护服，需要进舱时决不含糊。他进舱一同跟班，与多名患者交流，做好患者的心理护理，及时了解舱内动态与情况。

杜继元说，面对这些病人，不仅要治疗病人身体上的疾病，还要治愈他们心理上的疾病，即恐惧本身。医护人员每天都会详细询问病人的感受，耐心开导，给他们足够的信心与关怀，让他们不要恐慌和焦虑。为了营造轻松的氛围，他们还会带着患者打太极、八段锦，"希望传递勇气和正能量，也希望所有患者能够以平常心来直面病魔"。

有一次，杜继元观察到一名患者整天忧心忡忡，详细询问原因后了解到，该患者和妻子一同被隔离在两个不同的方舱医院，家里刚上小学的孩子一个人在家，由社区负责孩子的饮食起居，自己放心不下。他鼓励患者，相信党和国家会尽全力照顾好他的孩子，不要有后顾之忧，同时谨遵医嘱，早日康复与家人团聚，并带领该患者和其他病友一同合唱《我和我的祖国》，激发患者战胜疾病的信心。他还和第一批出舱的八名患者一一交流，给他们鼓励，并在舱外等待他们出舱，直到把最后一名出舱患者送上车。

从抵达武汉到进入方舱医院的最初一周里，杜继元每晚只能睡3～4个小时，没有休息一天。他说："来到这里的每一天都是充满希望的一天，我不是来休息的，我是来战斗的！"

# 大口罩都遮不住
# 您那两个大大的黑眼圈

——小洵致父亲、上海市新型冠状病毒临床救治专家组华山医院医生张文宏

亲爱的爸爸：

您好！一转眼，我们都快有一个月没见面了，家里很久没有响起您那幽默的话语，我还真是不习惯。以前，我只知道您是一个医生，只知道您很忙，有看不完的病人查不完的房，即使回到家里，大部分时间也待在书房，查资料、写文章，总是到夜深甚至天亮……

爸爸，妈妈跟我说，这一次，您是去跟一种新型病毒作战啦！这种病毒挺厉害，是个长跑健将，到处瞎跑，感染的人不少。妈妈说您白天要查房会诊，救治病人；晚上还要写文章……有好几次，我想跟您视频聊天，可又怕耽误您的时间！爸爸，我就想跟您说，在电视里看您还是挺帅的，就是大口罩都遮不住您那两个大大的黑眼圈。

爸爸，那天我跟妈妈聊天，我说我想快点长大，也能像您一样治病救人，我现在什么都不能做。可妈妈说，我可以做的事情有很多。真的有很多吗？是啊，就像您说的那样，我们每个人都是战士，在家里和病毒战斗。我会戴口罩、勤洗手、锻炼身体、学做家务、

不到处乱跑……我现在每天都背一首古诗，等疫情过去了，再见到您，我们还玩飞花令，到时候您肯定比不过我！

爸爸，您安心地在前线工作吧，妈妈和我都是您最坚强的后盾！虽然我没有去过武汉，可是我想，那里的人们一定很勇敢，等大家一起把病毒打败了，您能带我去武汉吃热干面、看黄鹤楼吗？

昨天，妈妈和我在你们科室的公众号上听到一首歌，叫《唯一的可能》，妈妈听着听着就哭了。虽然我不能完全明白歌词的意思，但我特别喜欢最后几句："每寸土地，我们心之爱之所依，共命运，你若呼唤，我必倾尽我所能……"雪莱说："冬天来了，春天还会远吗……"不会的，没有一个春天不会来到，待樱花盛开，待雀鸟欢鸣，您，也会和春天一起，回到我们身边……我们期待着那一天！

祝您身体健康，工作顺利！

您的儿子：小洵

2020 年 2 月 16 日

【家书背后】

张文宏，1969 年生于浙江瑞安，1987 年考入上海医科大学医学系医学专业（现复旦大学上海医学院）。2000 年获复旦大学博士学位，随后在美国哈佛大学医学院、伊利诺伊州立大学微生物与免疫系做博士后，现任复旦大学附属华山医院感染科主任、党支部书记。

作为"上海市公共卫生优秀学科带头人"，张文宏多年从事公共卫生的研究与普及工作。从"非典"到禽流感，再到埃博拉病毒爆发……每一场感染性疾病的重大战役，张文宏都战斗在最前线。2020年抗击新冠肺炎战役中，张文宏出任上海市新型冠状病毒临床救治专家组组长，奋战在医疗救治第一线。同时他还不顾疲劳，撰写文章，接受采访，直播连线，向公众包括海外留学生普及公共卫生知识，指导社会各界人士理性认识疫情，正确防控疫情。

2020年1月30日，张文宏在接受新华社记者专访时表示，疫情来了，坚守岗位是医生的职责所在。"我们派驻党员医生上抗疫前线支援，不打招呼，直接报名，没有讨价还价。""没什么好说的，入党的时候每个人都宣誓了，要把人民利益放在第一位。"[1]张文宏说，疫情面前挺身而出是医生的职责，更是共产党员的承诺。面对记者采访时说的这些话，使他成为网民心中的"硬核"医生。

2020年9月8日，在全国抗击新冠肺炎疫情表彰大会上，张文宏被授予"全国抗击新冠肺炎疫情先进个人"称号。

张文宏医生从30多岁起就有了个外号"张爸"。据张文宏的同事说，这是因为他果敢又细心，凡事都要照顾到位，就像爸爸一样。然而很多人不知道，

张文宏（左二）与医护人员讨论问题

张文宏

---

① 郭敬丹，仇逸，孙青．上海医疗救治专家组组长："抗疫前线党员先上！"．新华网，(2020-01-30)．http://www.xinhuanet.com/politics/2020-01/30/c_1125512477.htm.

张文宏和儿子小泃

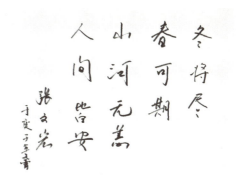

张文宏抗疫题词

"张爸"不只是病人的"爸爸",也是一位帅气男生的爸爸。

这位帅气的小男生就是张文宏的儿子小泃,他是上海市徐汇区爱菊小学的一名少先队员。2月16日,已经快一个月没见爸爸的小泃给爸爸写了一封信,表达了对爸爸的想念、牵挂和支持,以及对于战胜疫情的信心。

# 你配得上我叫你"尊敬的宋大夫"

——陆迪菲致丈夫、北京大学第一医院国家援鄂医疗队医生宋志博

尊敬的宋大夫:

我现在正在一边值三线班一边拉肚子,考虑急性肠胃炎不除外,但上述情况并不能打断我给你写信的思路,因为想和你说的还挺多。高考后来北医八年制学医是个阴差阳错,但抚今追昔,在2013年的夏天,我们还是一起转科的师兄妹的时候,我喜欢上了临床医学,也喜欢上了你。从那以后,咱们分开的时间不超过10天,也是从那时候起,我心里就暗暗较劲,生怕有临床知识忘记了被你嘲笑,有病人治得不够好被你看不起,于是在一年后咱们都双双成了那一届的优秀住院医生,正是"十年一觉燕园梦,赢得北医薄幸名"。

而今咱们要分开一个月起,你在驰援湖北疫情一线倒夜班,我留守医院管病房值夜班。听说你那边最近也很冷,此情此景,正是两地一般同。其实,去武汉报名的时候咱们想一起去,因为不拖家带口、没有负担,而且都刚脱离内科二线班不太久,正是大内科抢救流程熟悉程度的巅峰时期,但院里综合考虑之后选了你去,留下了我。还记得那天咱俩都以为能一起去,一边收拾行李,一边安顿宠物,后来接到通知后变成了我为你收拾行李、做好晚饭、理了发,

第二天天还不亮亲自送你离开，说不心疼，那是假的。从机场回来，路上看北医去武汉驰援的名单上，你的名字赫然在目，又是心疼又是骄傲。自己的师兄在国难当头自愿以身犯险，是条汉子，当初没有看错人。"名编壮士籍，不得中顾私。捐躯赴国难，视死忽如归！"这种勇气，让你配得上我在开篇叫你"尊敬的宋大夫"。

你不在的这段时间，我学会了修 Wi-Fi、照顾宠物、用各种 App 买菜。由于不用给你做饭了，厨艺取得了长足退步。当然临床工作方面，北京总舵也不是吃干饭的，我们成立了普内科病房，尽量节省人力为后续驰援武汉做准备，我作为普内科病房主治医生，在你给新冠肺炎病人上无创呼吸机的时候，我一边给我的糖尿病足、心衰病人上床旁血滤，一边会诊、值夜班。虽然不轻松、有挑战，但一想到你在武汉的工作量和难度，我就又回到了当时那个较劲的小师妹心理："内分泌的女人不能输！"令我安慰的是目前心衰的两个病人转归都不错。

马上就要迎来咱们的结婚纪念日以及我的 31 岁大寿，眼看也是两地相隔，最大的愿望不妨告诉你，那就是不久的将来，海清河晏，你能坐飞机再回到我面前，跟我说"一切都好"。

大鹿师妹

2 月 17 日

【家书背后】

　　写信人陆迪菲，北京大学第一医院内分泌科主治医师，收信人是她的丈夫、北京大学第一医院风湿免疫科主治医师宋志博。2020年新冠疫情暴发后，陆迪菲和宋志博双双请战："我们俩的专业正好适合此次任务需要，家里能安排好，我们随时出发。"后来医院安排宋志博加入医疗队，陆迪菲则留在了后方，奋战在北京的医疗一线，继续参加病房的管理工作。

　　2月7日，宋志博作为北京大学第一医院第三批国家援鄂医疗队的一员，与百余名同事一起奔赴武汉，参与武汉一线医疗救治工作。这支医疗队的专家横跨了呼吸、重症、感染、心血管、肾脏、免疫、泌尿等多个专业，将承担危急重症患者的救治任务。

　　抵达武汉的第二天，正是农历正月十五，中国传统佳节元宵节，本应阖家团圆之时。然而在武汉前线的北京大学第一医院国家援鄂医疗队正争分夺秒抗击疫情。经过战前动员及严格的防护培训，由他们独立接管的同济医院中法新城院区 B 栋 9 层西区在元宵节当晚正式启用，开始接收危重症病人。作为一线医生，宋志博和同事们除了完成临床的日常诊疗工作，还参与了两项有关磷酸氯喹和羟氯喹的全国多中心临床研究。

　　宋志博和陆迪菲都毕业于北京大学医学部，曾经是师兄妹，后来结为伉俪。2013年两人相识之后，他们分开的时间没有超过10天。2020年2月17日，他们分开已经20天，在北京的陆迪菲

2月8日下午，北京大学第一医院国家援鄂医疗队来到新战场，熟悉情况

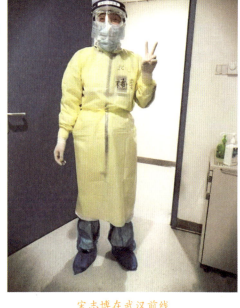

宋志博和陆迪菲　　　　　　　　　　宋志博在武汉前线

给奋战在前线的宋志博写下了这封信。信中深情回顾了两人相识相恋的经过，以及报名前往武汉一线的若干场景，还有自称"北京总舵"的陆大夫在后方的生活和工作，引经据典，张弛有度，语言诙谐，展现了两位白衣战士心有灵犀的同学亲、夫妻爱、战友情，家国情怀跃然纸上。

4月4日，北京大学第一医院国家援鄂医疗队负责的病房患者清零，累计收治新冠肺炎患者115例，治愈出院100例，另有病情好转转下级医院或其他病区6例，转监护室2例。两个多月的时间，他们实现了危重患者"高治愈"，医务人员"零感染"。

4月6日下午，宋志博随北京大学第一医院国家援鄂医疗队完成各项医疗救治任务后返回北京，在首都机场受到最高礼仪三重"水门"欢迎。该院135名医疗队员不负众望，不辱使命，70个日夜的坚守，充分发挥多学科联合、科学精准施治的优势，为降低病亡率、提高治愈率做出了巨大的贡献。

# 您是我心中顶天立地的男子汉

——费照卓致父亲、天津海滨人民医院援鄂医疗队医生费志永

亲爱的爸爸：

您好！

每次我醒来了之后，只能看见桌子上为我摆好了已经放凉了的早饭和您给我洗好的水果，我就知道您又早早地奔赴了抗疫一线。自从武汉有了一种叫作新型冠状病毒的"怪兽"之后，您就开始披着月亮出门，顶着星星回家了。

您每天天还没亮就赶赴自己的工作岗位了，2月15日凌晨又突然接到了上级通知，天津市又要组建支援湖北的医疗队，您毫不犹豫地报了名。由于时间紧迫，当天就要抵达武汉，您接到通知后第一时间就赶往了医院做出发的准备。甚至出发前都没来得及回家一趟，我也没能好好地和您说声再见。

虽然平时您在重症监护室工作也非常忙碌，不怎么能照顾到我的学习和生活，但我还是爱您的，我想通过这封信嘱咐您在照顾好病人的同时，也一定要好保护自己，做好防护。以前每次看到电视上支援武汉的白衣战士没日没夜地照顾病人，累了就躺在地上睡一会儿，手和脸由于长时间穿着防护服都被汗水泡肿了，敬佩之情就

油然而生。这一次轮到了您——我的爸爸，也要去前线当一名抗疫战士了，心里除了崇拜和敬佩，还更多了一份担心。爸爸我想告诉您：您是我心中顶天立地的男子汉，您是无所不能的白衣战士！

我通过媒体看到您出征前说的话："疫情就是命令，医院就是战场，抗击疫情就是我们医务工作者的责任和使命……"看了您说的话之后我觉得自己身上也有一种责任，那就是做好您坚实的大后方，我和妈妈会照顾好自己。还有您最关心的我的学习也请您放心，我们学校的领导、班主任还有任课老师知道了您去支援武汉的事情之后，都给予了我无微不至的关怀，他们辅导我学习，尤其是我的班主任——胡老师，除了辅导我的学习，她每天还会打电话跟我聊天。所以家里的情况您不必担心，您可以毫无顾虑地、可以全身心地投入到抗击疫情的一线中去！

祝现在奋斗和坚守在一线与"怪兽"做斗争的叔叔阿姨们早日战胜疫情，平安回家！

亲爱的爸爸，让我们共同努力，一起加油！

武汉加油！

中国加油！

您的宝贝：费照卓

2020 年 2 月 17 日

## 【家书背后】

　　家书作者费照卓，天津市滨海新区大港海滨学校三年级四班学生。费照卓的爸爸费志永是天津海滨人民医院呼吸与危重症科副主任，2020年2月15日下午随天津市第九批援鄂医疗队从天津滨海国际机场出发，前往武汉支援方舱医院。

费志永（左二）在出征仪式上

　　到达武汉后，费志永所在的医疗队受命支援江汉经济开发区方舱医院。进舱工作后，他要穿着厚厚的防护装备查房，记录每个病人的症状、生命体征，一圈下来，浑身酸痛不已。他说，有一位年轻的患者咳嗽，测了3次核酸，前2次都是阴性，吃药后咳嗽症状有所好转，但由于第3次核酸检测结果阳性，必须进入方舱医院。患者一直心存疑虑，担心化验结果不准确，进入方舱医院后反而染上疾病，并产生恶心、呕吐等反应。费志永从科学角度为患者解释，告诉她戴着口罩传染的可能性很低，并答应为她复查核酸，终于使

费志永在方舱医院

患者平静下来。

费照卓的妈妈李雯在海滨人民医院从事网络信息工作，疫情期间，连续多日加班加点，坚守岗位。

费照卓信中提到的班主任胡老师是胡爱武。胡老师得知费照卓的爸爸前往武汉抗疫一线的消息后，征得学校的支

费照卓的画作

持，联络同班的几名任课老师迅速为费照卓组建了一个专门的微信群，轮番与费照卓沟通，指导她的学习和生活。同时与费照卓妈妈保持电话联系，询问孩子情况，了解家庭困难。

从此，胡爱武老师给予费照卓特别的关爱与帮助，几乎每天都打电话跟费照卓聊天，告诉她，父母正在进行的工作是多么有意义。师生俩有时谈学习，有时讲笑话，有时讨论做人的道理。胡爱武还动员班里的一些伙伴与费照卓视频聊天，互相交流学习方法和居家生活的体会。

在胡老师的鼓励下，费照卓给爸爸写下了这封信，表达了对爸爸的担心和

费照卓写给爸爸的信

敬佩，同时告诉爸爸放心家里的一切，安心工作，早日战胜疫情，平安回家。这封信被学校"海滨清风"公众号刊发后，在全校师生中引发强烈反响，师生们纷纷为费照卓父女点赞。

面对疫情，人人都是防控战士。费照卓和全班同学在胡爱武老师的带领下，参加了天津市妇女儿童发展基金会倡导的"抗击疫情，久久爱心传递"活动，学生们从春节压岁钱里，每人献出 9.9 元，费照卓第一个带头响应。此外，她还为中国青少年发展基金会"抗击疫情，希望同行——希望工程关爱抗疫一线医务人员子女特别行动"项目捐赠了 66.6 元，希望能帮助到有需要的人，期待胜利早日到来。

——耿一心致父亲、郑州联勤保障中心第988医院
解放军援鄂医疗队医生耿献辉

亲爱的爸爸：

您好吗？

您走的时候跟我说你要去打大妖怪——新冠病毒，它最近闹得可是人心惶惶，就像年兽一样，祸害着人们的安危。您现在勇敢地和它们战斗，战况还好吧？

我记得那是一个不平静的夜晚，我在床上翻来覆去睡不着，回想着您和我之间的对话："爸爸明天就要去武汉了，你在家好好听妈妈的话，好好学习，多锻炼身体。""爸爸，您为什么要去武汉？""因为爸爸是党员，是军医，挽救人民的生命是爸爸的职责，也是爸爸应尽的义务。"我在电视上看到武汉很危险，我们在郑州都不敢出门，就别说到武汉去近距离接触病人了，想想就害怕。所以我非常舍不得爱我亲我的爸爸，因为您是全家的依靠。您是大树，妈妈建起了鸟巢，我和弟弟都是小鸟，是你们的宝贝。但是在妈妈和姥姥姥爷的劝说下我明白了：爸爸是医生，是白衣卫士，是拯救世界的英雄，为了拯救更多的人，他必须去！

爸爸，您去武汉快二十天了，有时您忙得连电话也来不及打。

为了让您安心在武汉战"疫"，姥姥姥爷虽然年纪大了，身体也不好，妈妈和小姨虽然工作很忙，但是他们都在尽心尽力地照管我和弟弟，看护好我们这个家。所以您不用担心我们，全心全意投入战斗吧！每当我们看到电视上报道治愈病例不断增加时，我就知道是白衣战士们赶走了病魔，换来了人民的身体健康，这其中也有您的一份功劳。我真心为有您这样的爸爸自豪。

我盼望着一个晴空万里的日子，一列满载着天使的列车缓缓向我们开来，列车上走下来我满面春风的爸爸。爸爸，全家人等您凯旋！

祝

身体健康，工作顺利！

您的女儿：耿一心

2020 年 2 月 29 日

【家书背后】

写信人耿一心，2009 年 12 月生，郑州市中原区互助路小学四年级学生，爱好美术、长笛、音乐，曾获得希望之星英语演讲比赛河南赛区一等奖。

收信人耿献辉，1979 年 11 月生，郑州联勤保障中心第 988 医院消化内科副主任，抗疫期间加入解放军援鄂医疗队，在武汉泰康同济医院感染七科

耿一心写给爸爸的信

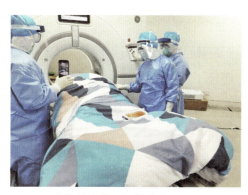

耿献辉（右二）帮患者做 CT

耿献辉在处理医嘱

工作，任医疗四组组长，科室保卫委员。耿献辉先后参加过 2008 汶川抗震、2010 玉树抗震、庆祝中国人民解放军建军 90 周年阅兵保障等活动，两次荣立三等功。

"能够到前线去战斗、贡献自己的力量，我深感荣幸。作为一名参加过汶川抗震、玉树抗震、沙场阅兵等大项任务的军医，我相信能够完成好任务。" 2 月 11 日晚，得知单位有赴武汉抗疫的任务时，耿献辉主动请战，很快安排好科室和家里的大小事情，别过双亲和两个年幼的孩子，踏上了南下的战"疫"列车。

坚守阵地就要直面危险。"新冠病毒属于高风险病毒，医务人员所承受的是心理和生理上的双重压力。每天高强度、高频率的接触，必须时刻注意防

耿一心与爸爸视频　　　　　　全家福

护，按照要求落实好感控措施。"① 检查医疗区的各个防护细节，提醒大家做好自身防护工作，是耿献辉和战友每天都要做的事。

3月29日，又一批康复患者走出武汉泰康同济医院，这令耿献辉异常欣慰。他随队进驻武汉泰康医院一个多月，历经了科室的组建与发展，他和战友们用热血和汗水书写了别样的人生，用敬业和执着，守护患者的生命健康。

---

① 冯智源，杨柳，王均波.耿献辉：为了治病救人，风险再大也没有退缩的理由.中国军网，(2020-03-30). http://www.81.cn/big5/2020zt/2020-03/30/content_9780137.htm.

# 那一刻，空气像是凝固了

——边德芳致父亲、中国中医科学院广安门医院
国家援鄂中医医疗队医生边永君

**3月20日**

亲爱的爸爸：

好想您！

记得大年初一的凌晨，您作为首批国家中医医疗队成员，"白衣逆行"驰援武汉，您说身为医者，责任使然。妈妈说，2003 年 SARS 肆虐时，您就勇敢地参加了抗击非典医疗队，您这种责任心是一贯的。我为您感到自豪，长大了也要像您一样时刻听从党召唤。

过去我很少看电视，但近期一有武汉抗疫新闻，我就目不转睛地盯着看。看着一个个穿着厚厚防护服的叔叔阿姨忙来忙去，我就想一下子看到您。尽管一次一次地失望，但我相信，您一定就在其中。

记得有一次晚上给您打电话许久没有接通，我们不免心里忐忑不安。后来您回电话说，那天有一名武汉中学生打电话，哭着说她的爸爸因新冠肺炎刚去世，妈妈又住进了金银潭医院，恳求医务人员全力救治她的妈妈，否则她就一个亲人也没有了。听后我和妈妈都难受得说不出话，那一刻，空气像是凝固了。过了好一会儿，您又说今天下班晚了，就是和其他同事在抢救病人，你们已答应那个

女孩子要治好她母亲。我情不自禁地喊出来"爸爸加油！"。妈妈夸我长大了。是的，那一刻，我忽然领悟了许多，在武汉跟我同龄的人正在经历生离死别，而我安全地待在北京的家里还时常抱怨"宅在家不能出去太无聊"，这是多么愧疚的事情。后来，每次与您通电话，我都要询问那个素昧平生的女孩的妈妈的情况，直到您说她康复了，我高兴地欢呼起来。

爸爸，您去武汉已经快两个月了。自从妈妈复工后，我只能一个人在家，这是我第一次独自在家这么长时间。尽管一个人很寂寞，但正因为这次疫情机会，我学会了做饭、洗衣服、扫地等多种家务活……在这两个月里，我特别关心有关武汉的新闻，脑海里总是浮现出给您打电话的那个女学生的样子，虽然我从未见过她。我深深希望，所有的病人都会像女孩的妈妈一样，经医务人员的救治康复出院，一切都会好起来。窗外桃花开了，春天也来了，我期盼您及所有驰援武汉的医务工作者，平安凯旋。

女儿：边德芳

2020 年 3 月 20 日

## 【家书背后】

边永君，北京中医药大学临床医学博士，中国中医科学院广安门医院呼吸科副主任，主任医师。2020年1月25日，大年初一，他参加首批国家援鄂中医医疗队支援武汉，抗击新冠肺炎疫情，任广安门医院医疗队副队长。

边永君随医疗队达到武汉后，先在武汉市金银潭医

边永君在武汉市金银潭医院留影

院临床一线运用中医药救治重症患者，后从事患者的恢复期中医康复治疗工作。武汉市金银潭医院收治的全部为确诊新型冠状病毒感染的肺炎患者，也是抗疫的最前线和主战场之一。在该院开辟一个中医药治疗的战场，搭建一个中医药的保障平台，积极完善中西医结合诊疗方案，对于抗击疫情有着重要作用。

边永君在工作中

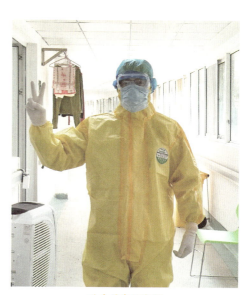

边永君在隔离区

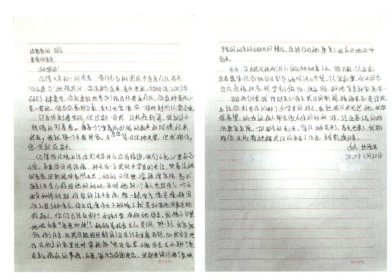

边德芳写给爸爸的信

　　由广安门医院和西苑医院共同组建的首批国家援鄂中医医疗队总计收治158名患者，并为东西湖区将军街卫生院的156名患者及东西湖方舱医院的450名患者提供了中药治疗。医疗队于3月31日撤离武汉返京，是援鄂时间最长的中医医疗队，累计援鄂66天。返京后，边永君继续负责百余名患者恢复期肺康复的工作，相关工作至6月底结束。

　　边永君的女儿边德芳是北京第六十六中学高一（5）班的学生，爸爸去武汉后，她在家与妈妈在一起。后来妈妈上班后，她自己独自在家上网课，自理能力得到提高，学会了做一些家务活，积极关注抗疫动态并能对其进行一些独立思考。

**图书在版编目（CIP）数据**

逆行者家书/张丁编著.—北京：中国人民大学出版社，2021.1
ISBN 978-7-300-28660-0

Ⅰ.①逆…　Ⅱ.①张…　Ⅲ.①书信集—中国—当代　Ⅳ.①I267.5

中国版本图书馆CIP数据核字（2020）第221422号

**逆行者家书**

张　丁　编著
Nixingzhe Jiashu

| | | | | |
|---|---|---|---|---|
| 出版发行 | 中国人民大学出版社 | | | |
| 社　　址 | 北京中关村大街31号 | | 邮政编码 | 100080 |
| 电　　话 | 010-62511242（总编室） | | 010-62511770（质管部） | |
| | 010-82501766（邮购部） | | 010-62514148（门市部） | |
| | 010-62515195（发行公司） | | 010-62515275（盗版举报） | |
| 网　　址 | http://www.crup.com.cn | | | |
| 经　　销 | 新华书店 | | | |
| 印　　刷 | 北京尚唐印刷包装有限公司 | | | |
| 规　　格 | 170mm×240mm　16开本 | | 版　次 | 2021年1月第1版 |
| 印　　张 | 16　插页2 | | 印　次 | 2021年2月第2次印刷 |
| 字　　数 | 239 000 | | 定　价 | 79.80元 |